钟惦棐谈话录

彭克柔 编著

西安 北京 广州 上海

图书在版编目（CIP）数据

钟惦棐谈话录/彭克柔编著.— 西安：世界图书出版西安有限公司，2022.1
ISBN 978-7-5192-8981-2

Ⅰ.①钟… Ⅱ.①彭… Ⅲ.①电影评论—中国—文集 Ⅳ.① J905.2-53

中国版本图书馆 CIP 数据核字（2021）第 229446 号

钟惦棐谈话录
ZHONGDIANFEI TANHUA LU

作　　者	彭克柔
策　　划	赵亚强
执　　行	王婧殊
责任编辑	孙　蓉　王　骞
书籍设计	設+张洪海
出版发行	世界图书出版西安有限公司
地　　址	西安市锦业路都市之门 C 座
邮　　编	710065
电　　话	029-87233647（市场部）029-87234767（总编室）
网　　址	http://www.wpcxa.com
邮　　箱	xast@wpcxa.com
经　　销	新华书店
印　　刷	陕西龙山海天艺术印务有限公司
开　　本	889mm×1194mm　1/32
印　　张	8.25
插　　页	8
字　　数	150 千字
版　　次	2022 年 1 月第 1 版
印　　次	2022 年 1 月第 1 次印刷
国际书号	ISBN 978-7-5192-8981-2
定　　价	88.00 元

版权所有　翻印必究
如有印装错误，请与出版社联系

钟惦棐
(1919—1987)

四川江津人，著名文艺评论家、电影美学理论家，我国电影美学的奠基人，1949年以来我国电影评论界的一面旗帜，被誉为我国几代电影导演的引路人。1937年赴延安，入抗日军政大学，次年转入鲁迅艺术学院。1939年到敌后从事文教宣传工作。1950年开始撰写电影评论，形成观点鲜明、剖析深刻、文笔洒脱的风格。1983年和1986年分别出版电影论文集《陆沉集》和《起搏书》，著有《钟惦棐文集》。

先后倡议"挑拨电影与戏剧离婚"和"拍自己的西部片"，引起了热烈反响，促进了中国电影内容的开拓和形式的变革，成为中国电影史上的标志性事件。曾任中国社会科学院文学研究所研究员、中国电影家协会主席团成员、中国电影艺术研究中心学术委员会委员、中国电影评论学会会长等职。

2020年12月,中国电影基金会钟惦棐电影评论发展专项基金创立。

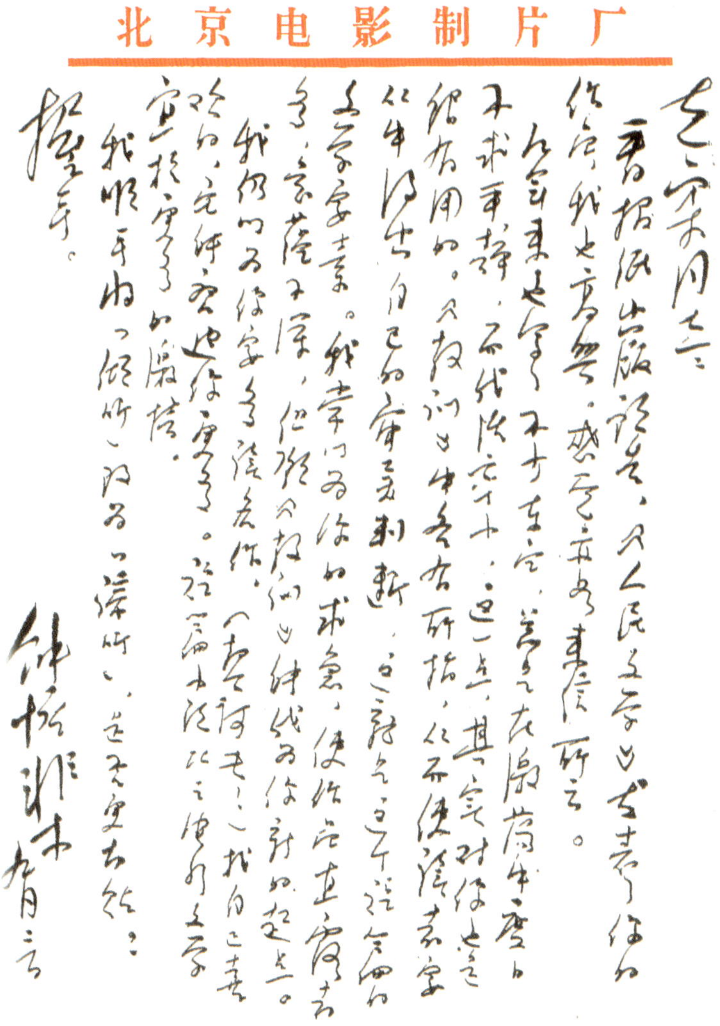

北京电影制片厂

1983 年 9 月 3 日，钟惦棐先生给本书作者的信

1986年6月13日，钟惦棐先生给本书作者的信

打开艺术之门

《钟惦棐谈话录》是著名文艺评论家、电影美学理论家、中国电影评论学会首任会长——钟惦棐先生指导一个业余作者的谈话纪录。

　　它具体，丰富，生动，深刻，对文艺青少年的启蒙，中青年作家、艺术家的启迪，对影、视、剧的编、导、演等主创与文艺评论家、理论家的创作、评论和研究，有着巨大、真切、实实在在的教益。

　　——从事文艺创作、评论与理论研究，没有捷径，但有钥匙。这部"谈话录"就是一把绝佳的金钥匙！

　　——许多年来，很难有这样一部"谈话录"，如此切合以上人的实际需求了！

　　附录《如今缺少钟惦棐》，对认识、研究钟惦棐其人其文者，提供了一份真实、珍贵的资料。

　　"江山代有才人出，各领风骚数百年。"《钟惦棐谈话录》是当之无愧的"教科书"，至少可以流传二百年！

笔者按

序一

中国电影评论学会名誉会长 罗艺军

1979年至1980年，彭克柔同志带着自己的作品就教于钟惦棐，先后拜访达四五十次之多。三十年后，他将这些谈话内容整理成文。出版这本《钟惦棐谈话录》（下称《谈话录》）。一般说来，《谈话录》不如著书立说那样主题集中，思虑缜密，结构严谨，行文考究；但《谈话录》也有自己的优势，无拘无束，即兴而出，更显个性，更见真情。

钟老思考文艺问题、电影问题有一个显著特点：总是以一种战略眼光、一种长远的发展视角切入。其表现形态之一，是关注新生代创作人才的成长。在他能自由驰骋的岁月，周围总团结一批有才华的中青年人。20世纪50年代中期，他与青年电影剧作家张弦的亲密交往，即是突出事例。惜乎《电影的锣鼓》敲响后，双双陆沉二十二年。新时期伊始，重获写作自由。多年积累的思虑喷薄欲出，早就酝酿的电影美学亟待上马；报刊约稿，各种研讨会、座谈会的请柬纷至沓来。处于这种繁忙境况下，能挤出大量时间与一个业余作者讨论创作问题，足见关注新生力量在他心目中的分量。对求教者来说，他既是严师，

也是益友。如本书作者所说,"他从不吝啬对我的表扬,也绝不放弃对我的批评"。且看钟老读了他剧本某次修改稿后发表的意见:

北京不是你久留之地。你受剧院一套"编剧法"的影响,抛弃了你的现实主义创作方法。你来自西安,剧本里有"羊肉泡馍"的味道。你是比较努力从你的生活经验中吸取题材的。你不要把"羊肉泡馍"丢了嘛!要有你彭克柔自己的东西嘛!……你掉在"戏剧作法"里了,什么调料都有,姜、葱、蒜,应有尽有,也正确,可就没有你自己的东西了。

那是个思想解放浪潮汹涌澎湃的年代,各种文艺思想杂陈,既活跃,又混乱。一个来自外地的业余作者,难免陷入困惑。钟老的批评不是就事论事,而是从根本的创作方法上立论,从艺术本质在于创新着眼,品评美丑。他赞赏的"羊肉泡馍"的味道,正是从生活中汲取而有个性特色的形象发现。几年后,钟老在西安电影制片厂提出拍摄"中国西部片",成为该厂的方向。自觉地立足于地区丰厚文化底蕴,在中国电影史上尚属首创。中国西部片一时震撼中国影坛,并享誉国际影坛。其核心精神,就是这种"羊肉泡馍"的味道。

《谈话录》中类似的谈话还有很多,再摘录数条如下:

商店橱窗里的模特,什么美都上去了,就是没有生命力!

名作家都是带着自己的特点走上文坛的。你当然比我年轻,可比起当年巴金、曹禺开始成名的时候来,就大了,还能随便"看行情"去搞创作?

艺术要有自己的生活发现,这是铁的逻辑。要在生活的基础上虚构,不能在虚构的基础上虚构。新作者都是带着自己的生活走上文坛的。赵树理只能写小二黑、小芹,决不会去写丁玲、冰心的题材。

对初学写作者来说,最重要的,要树立健康

的艺术观、美学观。《谈话录》的主要方面，致力于此。作者从这些谈话中受益匪浅，故在三十年后，公之于世。对当今的文艺爱好者，这些箴言也不会过时。

钟老晚年，阅尽人间沧桑，深深体味过世态炎凉，因而特别重视文化人的人品。他的一篇文章题目就是《九分做人，一分做文》，充分体现这种理念。《谈话录》中，他谈论过郭沫若、茅盾、曹禺等大作家，对张志新这样勇于经受百般折磨而坚持真理的志士，充满崇高的敬意。令我倍感亲切的，则是他对自己的剖析：

我这一代人，就是从那种政治环境里过来的！当年确实觉得自己是错了，上下左右都说你错了，还能有什么怀疑呢？一直到周总理逝世后才醒悟过来，这么多年可悲处就在这里……

钟惦棐少年时代失学、失业，18岁赴延安找到自己理想的天地。其后在敌后的艰苦战争环境中经受过严酷的考验。新中国成立后在文坛上崭露头角,参与重要文章写作,接受过毛泽东的宴请。他的那枝带着"麻辣烫"味道的笔,自由挥洒,都是在宣传党的文艺方针。孰料一朝敲响电影锣鼓,从此不断受批判,写检讨,心悦诚服地当驯服工具,直到听到新时期前夕的一声惊雷!

像钟老这样的悲剧,很有典型性。几代仁人志士,为了推翻"三座大山",建立一个民主、自由、富强的新中国而投身革命,却因为历史的原因被异化,背离自己的初衷。新时期改革开放的春风化雨,召唤着人性的复归。这样的人物,当前流行的命名为"两头真"。他们坎坷曲折的人生经历,乃引领改革开放进一步深化的宝贵文化资源。

再觉醒的道路很不平坦,且需要不断深化。《谈话录》中钟老两次提及《资治通鉴》,透露了这样的信息。第一次是谈到《人民日报》发表张闻天的文章,阐述无产阶级夺取政权后的中心任务就是搞经济建设,不断提高人民的物质文化生活水平。钟老赞扬道:"党内还是有明白人。"第二次是谈论中外历史上的治国之道。他何以会有如此浓烈的《资治通鉴》情结呢？

20世纪70年代初，钟老和我所属的影协及其他艺术家协会成员均在天津近郊团泊洼的文化部五七干校劳动改造。像我这样曾关在牛棚里的"牛鬼蛇神"，大多数经过批判斗争后回到人民队伍的人，白天劳动，晚上开会抓"五一六"分子。钟老等极少数人尚未"解放"，不具备参加这种会议的资格。一次，我逃会来到钟老的陋室，他正襟危坐地在读一本大书，书上用红蓝两色笔写满了眉批夹批。翻过书的封面，是《资治通鉴》。在当时的政治形势下，他竟然能静下心来如此认真地研习这种老古董，令我大吃一惊！追问何故。他听说毛泽东曾读过《资治通鉴》多遍，为了探寻毛泽东思想的重要源头，他也要遵循其为学之道，探访真理。诚然，毛泽东晚年的某些治国之道，往往来自这一类的中国史籍。例如当年的一项治国纲领，"深挖洞，广积粮，不称霸"，即是脱胎于元末朱元璋逐鹿中原之际，一个儒士献上的计策——高筑墙，广积粮，晚称王。中国的史籍，的确有很多值得继承和发扬的智慧，但其局限也是很明显的。建设一个现代化的社会主义社会，中国历史上无先例可循。

钟老即使在桎梏之下，仍穷根溯源，探其究竟，不愿随波逐流，人云亦云。一旦觉醒，就能写出振聋发聩的文字来。《谈话录》寓有这样的启示。

2009年4月

序二

中国电影评论学会名誉会长 章柏青

2007年春节过后,我为即将召开的"钟惦棐逝世20周年学术研讨会"的事拜访钟惦棐夫人张子芳,请她推荐一些熟悉、了解钟老的朋友参加会议。子芳推荐的多数人我都是认识的,唯有彭克柔的名字没听说过。但子芳说,这是钟老七八十年代的忘年交,是研究文物的,也是作家;虽是电影圈外人,但对钟老的感情却最深。几经周折,我打通了彭克柔的电话。知道我的意图,电话那边便响起激动的声音:"我参加,我,我一定参加!"声音中就能体察到他对钟老的深情。果然,不久我便收到了他参加研讨会的文章《求教钟惦棐》。

我是一口气看完这篇文章的。文章以生动的笔触记录了中国电影大家钟惦棐在20世纪七八十年代与一个尚不知名的青年作者的交往与友谊,写出了那个年代钟老对诸多社会问题、文艺问题,尤其是电影问题的深刻见解。文章中钟老的音容笑貌、睿智风采跃然纸上,在研讨会上宣读后受到与会者一致好评。

一年多后,彭克柔给我寄来了《钟惦棐谈话

录》(下称《谈话录》)书稿。我同样一口气看完这本书稿。我被深深地感动了,更确切地说,是被震动了。原来《求教钟惦棐》由于字数的限制,写的只是彭克柔与钟老交往中的一部分内容,而这本书稿记录的才是全部。当我读这本书稿时,有一种时光倒流三十年的感觉,我好像与彭克柔同样坐在西单振兴巷的钟老小小的客厅里,聆听钟老的教诲。我与彭克柔年龄相仿,而那个年代我也是钟老家中的常客,钟老亦是我的恩师。彭克柔与钟老交往的心态、感觉,甚至书稿中提到的人和事,那种特定年代人们的心理与气氛激起我极大的共鸣。

《谈话录》最大的价值,我以为是那种历史与时代的真实性。这种历史与时代的真实是可以触摸到的。20世纪70年代末80年代初是怎样的时代啊!那是转折的时代,是思考的时代,是奋起的时代,也是尚在疑惧、徘徊的时代。这样的时代尤其需要智者的引领,思想者的启迪。作者在书稿中给我们生动地勾画了钟老这样一个经历了大风大浪、大灾大难而更为深沉更有韧性的智者、思想者的形象。他的思想的深刻不仅超越了同辈人，而且直到21世纪的今天，依然使人眼前一亮。比如他对美的认识，对艺术的认识，对生活与艺术、生活与创作关系的认识。在与彭克柔谈到当时社会与文艺界的人与事时，钟老几句话就闪射出来的那个时代思想先行者的光芒。这本书稿对于我国的文艺史，尤其是电影史极具史料价值。目前电影史学界正掀起一种题为"口述史"的写作，这种写作由于当事人的亲历，更具历史的鲜活性、灵动性，更令人产生亲切感、信任感。《谈话录》就其史学性而言应该归于口述史。由于钟老已逝去二十余载，显得尤为珍贵。书稿中有许多材料对充实我国的当代电影史研究有重要意义。比如，钟老对《归心似箭》在肯定基础上的批评，相当生动地补充了我们已知的钟老对电影与文学关系的理解，也使我们对其后提出的"挑拨电影与戏剧离婚"的缘由有了更进一步的认识。再如，钟老关于中国要拍摄自己的"西部片"的说法，最初公开见于他于1984年在西影厂一次创作会上的讲话，最早见之于文字的是同年发表在《大众电影》上的《为中国"西部片"答〈大众电影〉记者问》。而这本书稿让我们知道,事实上,对于"西部片"的内涵,早在1979年他就已经形成了。他与彭克柔多次谈到的"羊肉泡馍"的味道便是十分有力的佐证。谈话中对当时许多轰动社会的电影、话剧的看法,虽寥寥数语,却精辟有力,对中国当代文艺史、电影史的写作具有重要的参考意义。

《谈话录》中另一个重要的价值是,它生动形象地传导出一代文化大家的高尚的人品与独具的个性。从某种意义而言,这部《谈话录》带有报告文学的特征。读这本书,钟老时而沉思,时而大笑,不时迸出几句幽默而发人深思的话语的模样是那样栩栩如生。70年代末80年代初的钟惦棐年龄并不算大,但是由于二十多年的"右派"生活,经受了斗与批、饥饿与重体力劳动,他已被折磨得疾病缠身。他是以"活一天,赚一天;活一天,写一天"的精神支撑着在忘我地工作。他写《电影文学断想》,夜以继日二十余天,"渐渐觉得脚已穿不进鞋子了"。在《谈话录》中,我们再次看到了这个"文坛苦行僧"的形象：他为中国文艺殚精竭虑，中午只自制一碗面条果腹。《谈话录》最令人感动的是钟老对一位业余作者的引领与关爱、支持与滋养。那个时代，钟老的时间是多么宝贵，他竟然能抽出如此多的时间用在一个素不相识的青年作者身上：几次三番地为他修改作品，推荐作品，花那么多时间与他讨论作品，甚至为他送电影票去学习，安排他进修与培训。钟老爱才，但其能如此，最根本当出于对共和国文艺事业的责任，出于他无私的品质。这使我想起了80年代，钟老对众多极为普通的群众影评作者与基层影评组织的深厚友谊。80年代初，群众影评风起云涌，全国成立的各类影评组织多至两万余个，钟老对许多基层影评组织的邀请，尽量满足，足迹遍及大江南北。有人不解钟老何以如此，钟老说，不要小看群众影评，它是提高我们整个民族电影素质的基石。钟老去世前，最后一次出差，是我与仲呈祥陪他与余倩老师在1986年10月到四川万县、巫山考察群众影评；钟老最后参加的一次全国性会议是1986年

12月在广西柳州召开的全国群众影评工作会议。钟老与彭克柔的忘年交绝非个例。他与原上海沪西文化宫的青年影评人楼为华的交往就与彭克柔相类。楼为华是当时上海群众影评组织领导人中的佼佼者。他以组织业余影评人写出影评文章"几麻袋"送文汇报选登的"热情"与"气概",让钟老感动,以至使他念念不忘。当时中国影评界与日本影评界有一互访活动,一共只有五个名额,钟老竟然坚持要把楼为华列上,认为群众影评这个东西,中国是独一份,楼为华具有代表性。对于有志气、有才气的青年人的热爱,钟老从50代就已开始。1956年,一个叫张弦的青年写了小说《甲方乙方》,钟老发现其才,便动员他改成电影剧本,从此,几乎每周六晚,钟老家里便能见到这个青年的身影。由于青年与钟老夫人张子芳同姓,被许多人误以为是张子芳的弟弟。电影《牧马人》上映后,钟老写了一篇文章,沈阳有个叫梦真的青年也写了一篇文章,还要与钟老"商榷"。钟老见文章颇显才气,给他写了一封长信,两人成为很好的朋友。

同样,《谈话录》让我感动的还有彭克柔先生经历三十年而不渝的对恩师的深厚感情。这种感情支撑着他"鼓足勇气,搜索记忆,翻阅当时的日记、笔记,努力做到忠实于原话、原意、原情、原景",遂成此文。无独有偶,楼为华则以另一种方式来报谢师恩。楼为华后来成为事业有成的企业家,在"钟惦棐逝世20周年学术研讨会"即将召开的前夕,他找到我,主动要求出资百万,成立"钟惦棐评论基金",其目的,除了有一份"影评情结",更重要的是"缘于对钟老的尊敬与怀念"。

正是如上所述,显示了《钟惦棐谈话录》不同寻常的价值:它是历史的见证,是钟惦棐人品、文品的见证,也是师生真挚情谊的见证。

出版社乐意出版这本书,也显示该社的眼光,这也是需要感谢的。

2009年10月

序三

中国电影评论学会会长 饶曙光

在上大学，尤其是上研究生期间，笔者曾经按照朱光潜先生（朱光潜先生的《西方美学史》可以说是笔者学习文艺理论、美学的"圣经"）的指点，反复阅读《歌德谈话录》《罗丹论艺术》等著作。虽然不是形态上成完整的理论体系的著作，但其内在逻辑与理念的完整性，依然可以带给我们关于艺术、关于美学的深刻思考。尤其是很多启发性、对话性的感悟，或许更接近艺术、美学的真谛。

笔者非常欣喜地收到了章柏青先生寄来的彭克柔先生编著的《钟惦棐谈话录》，就迫不及待一口气读完了。在笔者的潜意识中，一直期盼着能够有这样的研究钟惦棐先生的著作出现。彭克柔先生编著的《钟惦棐谈话录》是一个契机，一个开始，相信一定会有更多的与钟惦棐先生有过密切交往的人写出文章和著作，丰富、完善对钟惦棐电影思想、电影美学的研究和阐释，并且给后人留下更丰富、更完整的史料。笔者个人坚信，深信，对钟惦棐电影思想、电影美学的研究，对中国电影理论批评发展是不可或缺的，对中国电影可持续繁荣发展、从大国走向强国也是不可或缺的。笔者提出的建构中国电影学派、建构"共同体美学"，在最深层次的意义上，受到了钟惦棐先生电影思想、电影美学的启发启迪。笔者也将会不遗余力地推进、拓展钟惦棐先生电影思想、电影美学的研究。高山仰止，景行行止；虽不能至，然心向往之……可谓圣至矣！

笔者个人的电影研究深深地得益于钟惦棐先生。1985年，笔者从四川大学研究生毕业以后分配到中国电影艺术研究中心（中国电影资料馆）工作，几乎就在第一时间就跟钟惦棐先生有了很多密切的交往和接触。可能是老乡的缘故吧，一说话自然而然就有一种天然的亲近感，方方面面的沟通也都特别顺畅。那时候经常跟着仲呈祥先生一起骑自行车去宣武门振兴巷6号——一个非常不起眼的小巷，如果没有人带着很难找到。后来，钟惦棐先生一家搬到了新街口外大街六号院，因为距离非常近，去的次数就更多了。

80年代钟惦棐先生有一篇影响很大的文章《谢晋电影十思》。这篇文章的缘起、酝酿以及写作过程,我都算是一个亲历者。研究中国电影史的人可能都记忆犹新:1985年,朱大可先生发表文章激烈地批评谢晋的电影,引发了巨大的争议。《文汇报》以及《文汇电影时报》约请钟惦棐先生写文章。为了一篇并不是很长的文章,钟惦棐先生征求了很多人的意见,包括像笔者这样的年轻人的意见。先生反反复复地思考,反反复复地修改,每一段话,每一句话,每一个字都反复推敲,所以成了一篇权威性的文章。笔者貌似也多多少少懂得了一点:文章经纬冠千秋,好文章都是从心底深处一点一点流淌出来的;从血管里流淌出来的都是血,从水管里流淌出来的则是水,来不得半点的虚伪和做作。

笔者个人印象深刻的还有一件事,就是钟惦棐先生让我到上海去请王元化先生到北京给"中心"的研究生讲课,而且不是讲电影。在钟惦棐先生看来,研究电影必须要有电影外的知识,特别是哲学和美学的知识。所谓"入乎其内,出乎其外",所谓"功夫在诗外"。1987年,我在《当代电影》杂志做特约编辑,在钟惦棐先生的倡议、支持下曾经开辟过一个栏目,就是"电影之外",发表了一些当时还属于"电影圈"外的学者(不过如今都是电影界的大咖了)的文章,主要是哲学和美学。应该说,哲学和美学以及其他人文学科的知识,对电影研究都有很重要的作用,甚至是一个决定性的作用。可以说,这个理念、思想是我从钟惦棐先生那里获得的,终生受益。因此,我对于我自己的学生,也会提出这样的要求。

钟惦棐先生的读书与思考也与众不同,有他独到的方法。比如说恩格斯的《反杜林论》,他大概读过二十多遍,做了大量的笔记,横批、眉批密密麻麻,全都写满了。读书不是简单地阅读文字,而是要反复地思考,反复地比较。最重要的是,读书绝不仅仅等于背书;更重要的还是要有自己的思考,要有自己的心得,要有自己的见解。换句话说,真正的读书不是看谁阅读的文字多,而是能够结合自己对人生、对历史、对社会、对世界的思考，转化为自己的思想，自己的价值观念，自己的世界观、人生观、历史观。

2020 年 7 月

专家学者简评

(以姓氏笔画为序)

《钟惦棐谈话录》是一部缅怀钟惦棐先生的史料性书籍。

1979年5月至1980年10月,彭克柔与钟惦棐的43次见面交谈,生动、具体地描画出一位电影理论大家的学术风范和人格魅力。

一次次对剧本的分析,一段段无拘束的交谈,显示出钟惦棐鲜明坚定的文艺立场;缜密、思辨的创作主张;对不良现象的尖锐批评和对彭克柔的热情关爱与指点等。

如此丰富的、具有时代感的内容,再一次放射出钟惦棐的思想光芒,此书是对钟惦棐文艺理论的生动注解和补充,实为珍贵。

——王人殷

中国电影评论学会前副会长

《电影艺术》杂志前主编

这是"文革"后觉醒者振聋发聩的呼号，

这是新时期启蒙者惊天动地的呐喊。

这是推动中国电影转型的先声，

这是促进中国文艺改革的宣言。

它具有鲜明、尖锐而又蕴藉、雅致的文风特色，它展示出求真务实而又特立独到的理论品格。

当时，这些诤言引起巨大反响和激烈争辩，引起广泛关注。

今天，这些谠论，仍有重要价值和现实意义，值得继承、发扬。

诚哉斯言！壮哉斯语！伟哉斯论！

——王陶瑞

北京电影制片厂文学部前主任

在"现实的缺陷"与"愿景的设计"之间架设"逻辑的路径",这就是钟惦棐先生的"思想"和"学术"的轨迹。

在这本《钟惦棐谈话录》中,他的思想和学术见解,像盐和水一样的寻常,像零金碎玉一般的光鲜,沾着泥土,带着气息,搅拌着历史和时代的厚重。我们至今依然需要这样的思想照射!

但是,我们(包括编者)要谨记:不能"看行情"去思考,去创作!虽然"看行情"总是一种"世人的智慧"和众生之态。

——许柏林

中国台湾电影研究会会长

《钟惦棐谈话录》既保留了钟惦棐与编著者之间不可多得而又令人感怀的交流往事，也应着改革开放之初中国文艺和电影领域的激荡潮流，还见证了一段无法复制却又生动鲜活的知识分子心灵史。

——李道新

北京大学艺术学院副院长

《钟惦棐谈话录》记述了著名电影评论家钟惦棐与业余作者彭克柔的数十次谈话。

　　这些谈话记录，真实表现了那个时代焦点人物的思想、个性、情绪和精神状态，也折射出20世纪80年代电影理论批评家在中国电影美学和电影文化的建设发展过程中的艰辛探索。

——张卫

中国电影评论学会常务副会长

《钟惦棐谈话录》为我们提供了一个独特的私人历史叙述的有趣文本。

在重叠的回忆与讲述中,让我们从一个新的角度认识了钟惦棐和他所处的历史;也能给我们对生活和艺术规律的理解带来一些新的启示。

——钟大丰

中国电影评论学会副会长

北京电影学院教授

本书实录了新中国电影理论、评论的开拓者钟惦棐先生在改革开放初期，关于电影剧作的谈话。

钟老的言论不仅对电影创作和电影评论具有重大指导意义，而且对整个中国社会文化都产生过剧烈影响。

《钟惦棐谈话录》让读者再次感悟到钟老强大的思想魅力，对当下的文艺创作和走向也具有较强的指导性。

实录的形式，还具有较强的在场性和聆听感。

——赵卫防

中国艺术研究院电影电视研究所副所长

中国电影评论学会副会长

钟老之后，再无钟老。

钟老之后，又见钟老！

这是一段传奇与佳话。

这是一次请益与传承。

这是一种力行与垂范。

其中有主人公寄希望于后辈的深情与厚意；有他对艺术洞察的真知与灼见；也有其投身电影的赤诚与忘我等。

在这里，钟老的才情见识与人格品德达到了高度的统一，完全地融为了一体。

在经历世界百年未有之巨变的今天，我们依然需要钟老，需要他的睿智，需要他的远虑，尤其需要他的精神：爱国家、爱人民、爱电影——胜过自己的生命。

——彭加瑾

中国电影评论学会前副会长

目录

1－118
钟惦棐谈话录

004	1979 年 5 月 9 日
008	1979 年 6 月 14 日
009	1979 年 6 月 18 日
011	1979 年 6 月 21 日
014	1979 年 6 月 28 日
017	1979 年 7 月 7 日
019	1979 年 8 月 21 日
021	1979 年 8 月 23 日
025	1979 年 9 月 3 日
027	1979 年 9 月 29 日
029	1979 年 10 月 4 日
030	1979 年 10 月 8 日

032	1979年10月13日
034	1979年10月17日
035	1979年11月20日
037	1979年11月26日
039	1979年12月3日
042	1979年12月5日
044	1979年12月22日
046	1979年12月31日
047	1980年1月3日
049	1980年1月15日
051	1980年2月8日
054	1980年2月20日
058	1980年3月8日
062	1980年3月16日
064	1980年3月28日
066	1980年4月7日

069	1980年4月21日
071	1980年4月24日
075	1980年5月1日
077	1980年5月14日
079	1980年5月23日
081	1980年6月7日
085	1980年6月14日
088	1980年6月24日
090	1980年7月9日
092	1980年7月24日
095	1980年8月14日
097	1980年9月1日
098	1980年9月4日
100	1980年9月24日
104	1980年11月30日

119－215

附录　如今缺少钟惦棐
　　　——关于恩师的杂记

120　两件小事

124　恩师是周扬

127　亦师亦友陈荒煤

130　文风大变，忧患深广

138　不忘农村，感念农民

145　言必称"电影美学"！

151　"离婚"的风波

157　对视觉艺术的特殊敏感

162　为何要读《资治通鉴》？

167　高频词儿——生活！

171　"西部片"再掀波澜

183　又一次大胆发声

186	洞察力·判断力
190	形式·内容
193	见解·才能
196	了不起的创见
200	人皆称"钟老"
204	千古文章未尽才
209	谢师恩
212	给钟惦棐先生的信

216 — 221
后记

222 — 224
再记

钟惦棐谈话录

早就想编写这样一部书稿了。鉴于自己是个业余作者，无名之辈，总怕有"拉大旗作虎皮"之嫌，迟迟不敢动笔。但仔细想想，我所要做的，严格地说，不是"写"，而是"录"。只要实事求是，如实记录，真实可信，任何一位读者，都不会去计较编写者是何许人也的。

于是，鼓足勇气，搜索记忆，翻阅当时的日记、笔记，努力做到忠实于原话、原意、原情、原景，满怀深沉而欢快、感慨又激奋的心情，执笔成文，完成这桩早该完成的、不是任务胜似任务的任务。

1979年5月9日

今天的北京，阳光灿烂，天气晴朗。

我一路探询，终于来到西单新文化街振兴巷6号，一个普通的四合院，敲开了北边一间房子的门。

开门的是位个头不高、紫红脸膛、一头银发的长者。

我说："我找钟惦棐同志。"

他含笑回答："我就是！"

进了他那简朴、整洁的房间，从他眼镜后看到一双慈和、明慧的眼睛，再看他动作灵活，反应敏捷，神清气朗，潇洒飘逸。心想：这可不像个倒过大霉的人。

我首先自我介绍，说明来意：我叫彭克柔，江西人，现在陕西西安市一文物部门工作，业余爱好文艺创作；写过两个话剧剧本，一个叫《皇后之玺》，缘于咸阳刘邦的坟墓旁出土一枚"皇后之玺"，有人考证是吕后的印；另一个叫《出狱以后》。中国青年艺术剧院（以下简称"青艺"）特地把我借调来京后，前期看他们排练《让青春更美丽》《伽利略传》，后期修改自己的这两个剧本。

我还说，远在1956年，就读了他不少电影评论，曾来信并寄自己的习作，向他求教，不仅得到他热诚的批评、指导，还给我写过不少回信。可惜1957年后，我心怀畏怯，把它们都销毁了。这次是读到他在《文艺报》上发表关于《伽利略传》的评论后，于昨天给《文艺报》打电话，得知了他的住址，今天就找上门来了。

钟老真挚，热情，亲切，爽朗，笑起来声音清亮。对我和他曾有过的通信联系的事，他一点儿都记不起来了，而对我能来青艺看排练，改剧本，他操着一口已不那么纯正但很流畅的四川话说："好，真好！我听了高兴！是要有这样一段学习，青艺这么做非常好！"

他对我的这两个剧本，特别是《皇后之玺》，饶有兴味，并让我画了一幅它的出土图。他说："这很不一般，别人不会去写，也写不了！"并认为写讽刺喜剧较合适。

他举着手中正读的《短篇小说选》,语重心长地说:"还是要多读书。我就感到读书少了!写戏的人,元曲总要看看。搞这一行有个矛盾,既要深入生活,又要多读书。工人上班八小时就行了,搞创作的没这时间限制。"

随后,我赞叹:"你谈《伽利略传》的文章,是二十二年后的开篇之作,比旧作更加老辣、深刻,文风独特。"

他几分自豪,不无得意地说:"有人说是这期《文艺报》中写得最好的一篇文章!"

谈到电影《我这一辈子》,我说:"石挥的表演,是真正的电影表演,赵丹都不如!"

钟老总结式地说:"石挥现实主义多些,赵丹浪漫主义多些。"

面对这样一位历尽磨难、饱经沧桑,依然神采焕发、锋芒不减的前辈长者,我如沐春风,倍感亲切,更受鼓舞。至于启迪和教益,自在不言中。

海阔天空,畅谈了一个半小时。

临别时，我表示，待青艺对《皇后之玺》《出狱以后》两剧提出意见后，一定要请他审阅。

钟老愉快地答应了，他让我留下现住的地址，相约再见。

1979年6月14日

上午去钟惦棐同志处,受到他的夫人张子芳同志的热情接待,这是位纯厚坚毅、可敬可亲的中年女同志。

随后见到钟老,将《皇后之玺》《出狱以后》交他,约定四天后听取他的批评意见。

他激情洋溢地说:"彭克柔,闯吧!搞出东西来,正是你大干的时候!

"彭克柔,我们都来大干吧,不干怎么行呢?这些年国家和个人损失巨大,可也锻炼了人,是产生大作品的时代。我的胆子还是很大的!"

我谈及郭沫若"文革"中写了一本《李白与杜甫》,扬李贬杜,把杜甫说得一无是处。

钟老:"跟风!茅盾,还有周建人的一些文章也是。""他们晚年的一些作为,对知识分子是个教训。"

1979年6月18日

　　上午，我如约来到振兴巷6号，钟惦棐同志见到我的头一句话就说："看了《出狱以后》很高兴！第一幕没写好，甚至可以删掉。其他三幕都好，我是一口气看完的。我看都用不着改就可上演。

　　"几个人物性格，不是好则绝对好，坏则绝对坏，是现实主义的方法。

　　"题目要改，叫《运交华盖》，或《白虎当头》。

　　"我打算推荐给北京电影学院，他们胆子大！

　　"《皇后之玺》题材好，别人写不了，几个知识分子也叫我喜欢。开头不错，写人物就该这么写。后几场不好，没戏了！

　　"皇后之玺，是否真是吕后的？至少是两种治学态度之争。我在中央音乐学院工作过一段时间。那里的教授，是有真才实学的，较少卷进

'四人帮'中去。

"焦点不要太实，太实就有局限性，缺少生命力。

"要找主题思想比较深，有长久性的。要不，老撵形势，撵不上。写中苏友好，中越友好，一本书都不能出！

"写你熟悉的题材，就不可能雷同。

"你熟悉这个生活。你的人物、情节，不是我能想到的人物、情节嘛！

"因此，不一定北京就能产生好作品。恰恰相反，好作品往往不是产生在北京。"

我衷心感谢他的热情鼓励和对剧本的深刻分析，同时老实地向他转告了青艺的不同意见，我要努力消化吸收两者的意见，做新的修改。

他积极建议我："你可以改行，搞创作，挑个生活根据地。

"可以写电影剧本，我向北影推荐。"

我高兴、感激地说："太好了！"但一想，"还是先改这两个本子再说。"而电影剧本写些什么，已经有了个朦胧却炽热的意向了。

1979年6月21日

下午到钟惦棐同志处，兴冲冲地向他念了一通修改后的《皇后之玺》提纲。

他静静地、耐心地听着，听完，沉默了一阵，摇了摇头，语气平静却直率、尖锐地说："我很担心，你走上了一条有害的道路！北京不是你久留之地。你受剧院一套'编剧法'的影响，抛弃了你的现实主义创作方法。"

我大吃一惊，情况居然会有这么严重！

钟老接着说："你来自西安，剧本里有'羊肉泡馍'的味道。你是比较努力从你的生活经验中吸取题材的。"

他一下激动起来："你不要把'羊肉泡馍'丢了嘛！要有你彭克柔自己的东西嘛！

"你念到第三场，我就知道下边怎么发展了，都是些什么人了。你掉在'戏剧作法'里了，什么调料都有，姜、葱、蒜，应有尽有，也正确，可就没你自己的东西了！

"原来我对你抱很大希望，现在我都不敢把你推荐给北影了！"

我能感到自己的脸在发烧，手心在出汗，心在剧烈地跳！

他继续说："你看看话剧《未来在召唤》，揭露了现代迷信。但政治、艺术技巧那么低！也是这一套，我看了第一场就知道后边怎么发展了。这不是创作，是配方，是创作的大敌！

"你这个提纲，和《出狱以后》是不一样的。我把《出狱以后》给剧协一位同志看去了。我对那同志说：'我这个本子比《未来在召唤》好，是现实主义的作品。'现在你掉在戏剧配方里去了。

"商店橱窗里的模特，什么美都上去了，就是没有生命力！"

我惊诧地将他与青艺同志的意见正好对立的情况，如实地向他说明。

他笑了笑说："听意见要有自己的主见，不要都听。都听你都改，就成了平均数，没自己的东西了!

"创作要固执,坚持己见:'羊肉泡馍',我的特点就是它!

"我看《出狱以后》,其中的人物、事件、人物关系,我是想象不到的。而你这个提纲,我都想到你最后怎么个结局了。这么多年的创作,都是这一套!

"名作家都是带着自己的特点走上文坛的。你当然比我年轻,可比起当年巴金、曹禺开始成名的时候来,就大了。还能随便'看行情'去搞创作?你这个提纲不是从你的生活来的,是你脑子里想出来的!"

他这一席话,说得我面红耳热,汗流浃背,心灵受到极少有过的冲击和震撼。

我一再向他表示感谢:"您给我当头一棒,敲了警钟。"

钟老当仁不让,笑说:"我还想去敲别人哩!"

1979年6月28日

上午去钟惦棐同志处,谈及看《未来在召唤》的感想,反顾这多年的戏剧、电影创作,往往都是这种"配方文学",对自己是个警惕,应该下决心不离开现实主义。

他一笑,摇头说:"难说!青艺要说:我们是大剧院,演你的剧本就得改——照平均数改,你改不改呀?"

我也忍不住笑了。

他又一叹:"作者也有自己的苦衷,不照人家说的改又演不了。创作水平老上不去,这是个重要原因。"

我说:"最近看了部墨西哥电影《蘑菇人》,看时很难分清谁是好人、坏人,情节如何发展,主题是什么?可还是吸引你迫不及待地看下去。看完走出剧场,还让你不停地琢磨。这才是艺术吧?"

钟老深有感触地说："墨西哥的电影文学，很值得我们研究。"

关于《出狱以后》，他主动提出："我给你写封信，交剧协抓创作的同志，请他和你谈。"

这当然是我迫切希望的。

他边想边写："《出狱以后》的作者彭克柔同志去拜望你，并想听取你对剧本的意见。我作为推荐者，自然是投他的票的。这只是一家之言，对一个年轻作者也许是有害的。望你直言不讳，或者说，让我们两个人来帮助他。握手。钟惦棐。"

他再次强调："《皇后之玺》里的风派人物，要是写成古董商式的人物，就没什么教育意义了，因为一开始就是骗人的嘛！

"许多出卖灵魂、说假话的人都不那么简单，自己的名利观念往往很重，再加上压力、诱惑，才变成那样的人的。要挖掘它本质的东西。"

我说："我着重写坚持真理、敢说真话、为之而献身的主题。"

钟老表示同意。

他不喜欢搞多场次，说："话剧不是电影，要学曹禺，能把事情捏到一块。这是本事。

"这是话剧的特点。各种艺术都有它的特点，那就是它能存在的理由。

"话剧讲究传奇性，许多偶然的因素碰到一块。"

我说："我差不离读过'五四'以来所有话剧名家的剧本，只有读到《雷雨》，情感上才受到强烈的冲击和震撼，久久不能平静，现在一想起来，还是震动。"

他凝神思索，说："《雷雨》为什么久演不衰？它的魅力究竟在哪儿？很值得研究！"

1979年7月7日

下午见钟惦棐同志,简要谈了剧协的两位同志对《出狱以后》的批评意见,拟作新的修改。

他告诫我:"改还得是自己的东西,不要去抄别人的东西。"

对《皇后之玺》,他说:"通过这么一个小图章,因为说真话而受到打击迫害,是有它的现实意义的。"

他一下又拉开了话题:"高尔基擅长写流浪汉,老舍擅长写大杂院。

"把《骆驼祥子》的材料交给巴金写,写不出老舍的效果;把《家》的材料交给老舍写,写不出巴金的效果;把《小二黑结婚》的材料交给巴金写,写不出赵树理的效果。可见除掉题材,还有更重要的东西,那就是完整的生活。

"'主题先行'是反现实主义的。可不能排除这样的情况:你在生活中,却不知道写什么,这时候有人往往一句话把你点明了,很快进入创作状态。

"主题是别人给你的,但你还得有生活。"

什么是主题?钟老有着自己新鲜而深刻的见解,说:"主题就是作品的社会影响。"

(主题怎么会是作品的社会影响呢?我自己在以后的二十几年,认识一直不是那么明晰、明确。只有最近几年,连续几部国产大片,恶评如潮,一片哗然,我才豁然开朗:这就是社会影响!)

1979年8月21日

下午到钟惦棐同志处,他才从北戴河休养回来不久。就他而言,这次休养,不止于海滨游泳、沙滩日光浴,更是一种政治待遇。

他兴奋、愉快地问起我在旅馆的见闻,我却给他讲述了一个异常沉重、悲壮的话题——张志新的英雄事迹和惨烈遭遇。钟老激动、愤慨、肃然起敬地倾听着,好一会儿,他感叹:"她说的一些话,我们也不是都没想到,而是不敢说。我得考虑老婆、孩子怎么办呀!她就敢说,没这个顾虑!

"现在对她的宣传,远没有达到应该达到的程度!"

联系到文艺界纷纷去沈阳采访张志新的英雄事迹,急着写她的现象,钟老断言:"是写不好的,写不深的!是绝对达不到张志新实际达到的高度的!"

停了停,他意味深长地说:"现在还不是写张志新的时候。"

(以后的创作实践证明,不幸让他言中了。)

1979年8月23日

上午到钟惦棐同志处，听取他对《皇后之玺》新稿的意见。

他说："写不好剧中的风派人物，就缺乏深刻性，就没有特殊性，成了一般化了。这是关键性的问题，是关键性的人物。你的生活领域里，有这样的人物吗？对这样的人物是否熟悉？

"凡是真正有学之士，是不容易跟着跑的。而没水平的，就想'捞外快'。"

钟老一一剖析剧本的优点、缺点及存在的问题："熟悉的就写得好，不熟悉的就写不好，这个法则是没法改变的。有些东西是别人没法写出来的。

"人物语言要浓缩，要有警句，能琢磨出味道来。

"舞台剧的对话不能太完整，它是进行中的、流动性的语言。你有些话太完整了，不是人物之间的交流语言,是你对观众说的。

"要注意规定情景,有的话不像是夫妻私生活中的语言。

"语言的光彩必须摆在生活里,在生活的流动中才能表现出来,拿出来就不闪光了。

"艺术家的品格要老实,艺术作品的品格——老实,则是平庸的代名词。你有闪光的一面,但也有过分老实的一面。

"一定要有过人之处,出色之处,闪光之处。

"结构还是按事情本身的发展,抓住人的东西,把生活原型打碎再来重新安排。电影在这方面的毛病是很大的。

"开头开得好,使人不自觉地就入了套,这是很残酷的,把人套住了!有时要中间突破,使人一下被吸引住。

"教育作用系于风派人物,他的堕落引起人的警惕:我在这种情况下怎么办?

"从头到尾都是玉玺,单一了。要把有关的都写上。

"你生活面窄,再就是思考不够。

"现在只是围绕玉玺的真伪,还有什么东西呢?没有了!

"整个丰富性差,尽管家庭、孩子都写了点。你只了解某些人,某部分生活,而对其他就不了解。应该三教九流都接触,笔下就丰富了。见识面广,别人经历不了的你经历了,就能成好小说家,好剧作家。

"艺术家的厉害,在于他顽强地、拼死拼活地向你传达他的信念、见解,使你受到感染。

"你的见闻要是广、丰富,会带进更多的东西,使这个主题更丰富。

"所有人都在说玉玺,却没有生活里其他闪光的东西使它丰富起来。人物比较单调,不丰满,这是要注意的事情,如对语言一样,作为'自律'。它来源于你生活面的狭窄,思想上也没重视本质与非本质的东西。

"我们现在的创作,光写河水,不写泡沫;光写本质,不写非本质,必然千篇一律。因为本质只有一个,而非本质是千变万化的。列宁在《哲学笔记》里说过:'泡沫也反映水的本质。'

"现在的东西经不起看,单调,作者对生活都没形成自己的观点,不能帮助人认识生活。

"作品的主题是不是与时代的主题合拍,息息相通?要发掘别人没发掘的东西。"

钟老滔滔不绝,鞭辟入里,对一个单薄、浮浅的剧本,做了丰富、深刻的分析。许多见解远远超出一个剧本之外,是向类似的作者、作品与创作现象发言。至少给予我的启迪与教益,不止于《皇后之玺》。

1979年9月3日

上午到钟惦棐同志处,首先祝贺他的新作《电影文学断想》的发表。全文总揽全局,要言不烦,就电影甚至整个艺术与生活、政治、时代的关系,电影艺术的特性、功能、规律,发表了许多精辟独到的见解,提出了"反思文学"这样的新概念、新命题("反思"二字不同于一般意义上的"回忆""回顾"或"反省")。还有"电影意识""电影思维"等,也是我第一次读到的。它对当前和今后的电影与其他艺术,都将产生重要的影响。

钟老自然能听出这是我的肺腑之言,他很是高兴并自豪、坦诚地说:"一些人也说,这是他们多年来读到的最好的文章!"

我就《皇后之玺》的修改说,只需要跨前一步,就触及揭露现代迷信的问题。

他表示支持,要我抓紧改出来。

我还谈及前不久从《人民日报》读到张闻天同志的文章，阐述无产阶级夺取政权后的中心任务就是搞经济建设，不断提高人民的物质文化生活水平。

钟老赞扬说："党内还是有明白人。"

他沉思了一会儿，又说："《资治通鉴》不够用了！"

1979年9月29日

五天前去见钟惦棐同志,他正吃早饭,说马上要走,全国文代会总报告交他修改。

我说:"敢找你改,说明现在思想真解放了。"

他说:"一些人下不了台了!"

他约我周末再来。

上午到钟惦棐同志处,传达青艺的同志想请他看看正演出的《权与法》,他欣然同意,并说:"听说这个戏,坐小汽车的人看了不喜欢,坐不上小汽车的人喜欢看。"

他取出两张票,要我陪他去中国美术馆东侧花园看"星星露天画展",说:"公安局不让他们展览。"

一道走到西单,搭上电车。在车上,钟老和一个四五岁的小孩逗着玩。他喜欢孩子。

到美术馆下车,东侧花园没什么画展,来往的路人在围看墙上的两张通告,是公安局贴的,意思是根据"治安处罚条例",不允许展览。

几个外国人在旁议论,并拍了照。

钟老缓缓走回,脸色凝重。

1979年10月4日

到钟惦棐同志处,他正与中国艺术研究院电影研究室一位同志谈话:"电影要搞基本功,许多问题都出在电影美学上,要扎扎实实做研究。新出的刊物就叫《电影文化》。"

送走这位同志后,钟老深有所感地说:"这十几二十年,对搞科技和其他研究的人员、演员来说,是个大损失。但对搞创作的来说,倒很有好处。"

钟老穿着朴素,生活节俭。白天,妻子和儿女都上班去了,自己除星期二去社科部文学研究所上班外,就在家读书、写文章。中午下碗挂面吃。今天,他照样下挂面,请我一道吃。

饭后,让我帮他抄写新作《谈今天的新托尔斯泰主义》。

1979年10月8日

下午到钟惦棐同志处,他说:"上午你怎么没来?我一直在等你。"他认为《皇后之玺》新稿大有提高,主题深,人物有个性,题材不一般,情节曲折,不是看完就完了的。最大的意见是语言太完整,太整齐了,说明作者对舞台还不在行,等等。

我转告青艺的意见,要求增加一个受蒙蔽的中间人物。

他摇头说:"不要去搞这么个配方!"

钟老在剧稿上加了几段对话,并做了不少修改,要我据此再改一遍,并表示:"青艺不要,我替你交给别的地方。"又告诫我:"可别在青艺的同志面前流露什么不满情绪,使人反感。把你请来,还非用你的本子不可?"

我笑着摇头,说:"不会。人家把我借调来,我就该特别感谢了,还能这么不知好歹?"

他满怀热望地鼓励我:"你是能写的,写电

影剧本吧！"

我异常振奋，笑着应道："从去年年底来京，看了不少中外电影，又从你这里得到许多启迪、鼓舞，我正跃跃欲试哩！"

他要我现在就着手考虑将在旅馆的见闻、感受酝酿和构思，写成电影，说："这是别人没写过，也没法写的。"生活在其中，与从外头搞调查、采访有质的不同。

1979 年 10 月 13 日

　　中午休息后去钟惦棐同志处，转告青艺的同志认为《皇后之玺》已经过时的意见。

　　他明确表示："不过时！你这戏和《丹心谱》有质的不同。《丹心谱》是写'四人帮'干了些什么事，你这是写'四人帮'为什么干坏事。"

　　他转而想了想，一叹："人家不演，只好放下了！"又热烈鼓励我："赶紧写这个关于旅馆的电影吧！"

　　我跟着又谈到厦门大学一位法学老教授，1975年以后取消了法学系，他改行教文学。最近学校领导请他负责恢复法律系，去东北参观，路过北京。

　　钟老一下兴奋、激动起来："这很深刻！现在把他请出来，说明这二十多年的变化，说明党的伟大——犯了错误能纠正。有的人受打击、迫害，满身创伤，可又生气勃勃地投入新长征。

"中断了几十年的传统,开始恢复,社会底层动起来了!新旧交替,党确实伟大——光源是这一个。人物活动的舞台,干的事情,不一样!

"个人不管经过多大挫折,还是要以余生更猛地干!透过现象本身,看到社会意义,显示中华民族的特点。

"这是新旧交替的关键时候,要透过表面现象,挖掘它的社会本质。这是历史的转折点,别人谁也没写过的!"

他要我抓紧写,力争两个星期内搞出来。

他忽然想到,告诫我:"给剧中人物取名字,可不要贴标签呀!如把英雄人物叫大勇、志刚;反面人物姓刁、姓钱。"

我说:"不会,我对那套也反感。"

钟老一再就旅馆生活的谈话,激起我进入崭新创作的火热情怀,一路浮想联翩,下决心搞出个新鲜独特、有着1979年春天的味道和新时期特点的剧本来!

1979年10月17日

下午到钟惦棐同志处,向他念了一通"旅馆"的提纲,不料遭到他严厉、尖锐的批评:"你这些人物有的不可信,像副部长、公安人员,就住不到你这旅馆里来。你这写的还不如你给我说的感人!"

"法学教授路过北京,住这旅馆是可信的;要专门来开会,就住不到那里去。"

"我原先是要你写你所见所闻的,促进当前的安定团结,重新起步向前进。不要去牵动那些伤心事,不要去'往里掏',这一掏,又把你熟悉的没写,硬去写你不熟悉的。也没多少新鲜感。"

他这一席话,对我震动很大。这又属于艺术规律的问题,写自己熟悉的,这是前提,然后在这基础上想象、虚构。

最后,他再次激励、鼓舞我:"抛开这提纲,正式动笔写吧!"

1979 年 11 月 20 日

  上午到钟惦棐同志处，他正在写文章，但还是放下笔，听我说电影剧本已写了一半，体会到它与话剧的不同处，我说："要把场景拉开，对话要少。写出来的，都应该是看得见的。"

  他就"看得见"举了个感人至深的例子："在云南一农村，一小伙子爱上了个姑娘，这姑娘的父亲横加阻拦，姑娘不堪忍受，愤而自杀，埋葬在路边。从此，那小伙子每次骑车经过，都要下车，眼看她的坟墓，慢慢走过，然后上车离去。"

  生死不渝的爱情，可见可感的画面，正是最适宜电影和电影最擅长表现的情节与细节。

  随后，我谈起发生在陕西农村的一件事："一小伙子为表现自己积极，向驻队工作组检举揭发：'我舅是土匪！'后来他报名参军，政审不合格，他问工作组：'怎么把我刷下来了！'工作组回答："你舅舅是土匪！""

钟老一脸苦涩的笑,说:"这可以写篇小说。"

(我当时觉得它还构不成一篇小说,没写。其实号称"小说之王"的欧·亨利,多有这类手法之作。)

1979年11月26日

上午到钟惦棐同志处,告之关于"旅馆"的电影剧本草就,定名《新春风景》,用了十二天,中途有几次动摇,越往后写,信心渐增,数日后抄毕,当请他审阅。就此衷心向他表示:"特别要感谢你,没你的激励、鼓舞、批评、督促,是写不出来的。"

他另有所感,娓娓道来:"为什么观众对电影不满?就是老一套!任何创作,总得给人一点新鲜感。

"《雷雨》《日出》为什么现在还有人看?因为作者熟悉那种生活。被压得受不了了,要说话,而这是别人没有的生活。《雷雨》把整个家毁灭,这种思想很深刻。要研究它为什么有这么长久生命力的原因。

"现在的戏是过眼云烟,一看就忘。你只到农村、车间半年,熟悉了人,可没什么认识,没摸到其中的规律,硬写,连当地人都不愿看。

"老说艺术是对生活的反映。这话也对,但不全面,不准确。应该说:艺术是作家对生活观察和认识的反映。我打电话给秦兆阳,征求他的意见,他同意我这个观点。"

(此后许多年,我逐渐体会、领悟到,钟老的这个新观点,有十分重要的理论意义和直接的实践价值,更接近艺术创作的规律,更揭示了艺术的真谛,这是他对文学理论的一大贡献。)

1979年12月3日

两天前，带上剧稿去钟惦棐同志处，他不在家，我留下纸条："出于您的启迪和鼓舞，终于把《新春风景》写出来了，恳请审读。写时信心很足，写完可就没多大把握了。务请给予具体、尖锐的批评指导！"约后日上午，听取意见。

今天上午按约前来，钟老非常高兴，第一句话就说："剧本看了，写得很不错，我准备推荐给北影。

"你能写出这个剧本，说明还是有生活，有这近一年的生活。这是铁的法则。没怀孕，硬要生孩子，多难受！"

他又有新的想法："下次你最好住那鸡毛小店，接触最基层的人，如老舍写的三轮车夫、卖火烧的人。"

就剧本，他说："大团圆的结局好不好？现在有许多问题没解决，连头绪都没有。当然别急着改，让北影看了后再改。

"还是要有鼓舞人的东西！在京郊有所青少年管教农场，号称'灵魂工厂'，有很多生动事迹。教育者要爱自己的教育对象，教育就能搞好，从你的行动中受到感化。先前，学生一见教员都得弯腰低头，现在没有了。因为教员对他更好，有的教管对象出去后还来看教员。

"一女小偷进了农场，男朋友去看她，他的钱包却不见了，后来发现钱包又回来了，里边放了张男朋友送她的照片，意思是'你不要等我了！'

"我住过传染病医院，小护士接触传染病还能安心工作，这就很伟大！"

临走，钟老给了我一张《瞧这一家子》的票："下午我们一道看，看这导演水平如何。"

下午赶到民族文化宫，《瞧这一家子》已开映，钟惦棐同志早坐在那里，我很是歉然。

散场后，钟老遇一老者，彼此招呼，边走边谈。

我似曾相识，很快想起。

钟老给我介绍："这是陈荒煤同志。"

我和他握手，说："我早都看出来了。"

荒煤同志问我："哪里来的？"

钟老说："是青艺叫来的，写了个电影剧本，很好。"

和荒煤同志告别后，谈起《瞧这一家子》，钟老说："这片子不深刻。"

我说："剧场效果很好，大家都笑。"

他深深点头："要有'观众学'。"

这是我第一次听到"观众学"这个名词。（以后的实践证明，这门学问显得越来越重要了。）

走在喧闹的宣武门大街上，钟老忽然站住，侧转身对着我，神情专注，赞叹道："《雷雨》为什么有这么长久的魅力？很值得研究。"

这可是我第三次听到他提这个问题了！

（1979年钟老精力尚佳，看话剧、歌剧，听音乐，看画展，还热心参加此类座谈会。后来青艺给他送票都不去看了，集中精力于电影评论和电影美学研究，同时也放弃了对《雷雨》的研究，这是件非常可惜的事情。）

1979年12月5日

　　下午到钟惦棐同志处,谈及从写《新春风景》悟到他强调"要从电影的角度观察生活,按电影的特性进行构思",即应具备"电影意识"(《电影文学断想》)的重要性。

　　他欣然说道:"我看你这个本子是一口气看完的,看到凌晨三点钟。"

　　这话对我来说,是最大的表扬了。

　　我由衷地感动和感激,却什么话也没说。

　　想着我今天的情况,钟老兴致勃勃地谈到张弦:"1956年张弦也在北京,来找我,经常在一起长谈。他对我评《董存瑞》一文里说的只提优点,不提缺点所持理由'因为第一,我没想到;第二,我觉得暂时还没有必要'印象深刻。张弦这名字都是我给取的。他写得不多,但每篇都有质量。你很纯朴,张弦的知识分子气浓些。"

　　稍停,他发出一声赞叹:"新诗写得最好的

还是艾青。"

我说:"1957年,我去书店买了他的《艾青诗选》《在海岬上》和《诗论》。"并背了他写乌兰诺娃的诗:"像云一样柔软,像风一样轻,比月光更美,比夜更宁静……"

钟老还提到另一个诗人——公刘。

我说:"中年诗人里我最喜欢的就是他的诗,是我的老乡,江西人。"又读了他的诗:"我推开窗子,一朵云飞进来,带着深谷底层的寒气,带着难以捉摸的旭日的光彩!"

他赞扬地:"公刘过山海关,我们也过山海关,你看在人家的笔下是怎么过的!"

"这次文代会,我专门去看了看公刘,看他是个怎么样的人。"

他对诸公情有独钟,是完全可以理解的。半响,又提到其中的另一位:"白桦现在还写得出《没有突破就没有进步》这样的文章,多好!"

1979年12月22日

几次去看钟惦棐同志,他都外出开会。下午又去,门反锁着,保姆说:"他正在睡觉,怕人打扰,反锁在屋里。"

我到西单转了一圈,看了看报,又到钟家,他醒来了,叫我进去交谈。

他显出几分忧虑,冲口而出:"现在写干部、知识分子的太多了,写工农的太少。要有这方面的作品,写农村的新气象。"

继而,钟老再次要我多读书,加强艺术修养。

"我把你推荐给北影,就担心你知识不够。

"曹禺能写出《雷雨》,当然主要是熟悉这种生活,同时与他读了大量名著有关。夏衍这次在文代会上,也一再强调加强艺术修养的重要性。

"我看《未来在召唤》等戏,都强烈感到,因作者缺乏修养,以致作品缺少艺术魅力的因果关系。"

"北影最近要办个编剧学习班,学员来自全国各地,我打算叫你去。"

我高兴、感激地:"太好了!我正想有这么个学习机会哩!"

随后我又谈起在旅馆的所见所闻:"从山西来了位同志,说目前流行这么几句顺口溜,也可叫新民谣吧……"

钟老听了细加吟味,感慨万千,说:"'四人帮'在台上的时候,也搞过这类东西,如:'宁要社会主义的草,不要资本主义的苗'"。

我说:"中国地方大,百分之八十是农民,不识字,历史上就有编民谣进行宣传鼓动的传统,像东汉末黄巾军的'苍天已死,黄天当立',李自成也搞过'迎闯王,不纳粮'"。临时也想到几条:"'只见到处红旗飘,不见敌人在磨刀!''不揭不知道,一揭吓一跳!''堵不死资本主义的路,迈不开社会主义的步!'"

钟老既严肃又不免发笑地说:"要有人搜集这些东西,编成集子,倒很有意思。"

1979 年 12 月 31 日

晚上七点回旅馆，两个女服务员叫住我，说："有一份请帖。"

我取来一看，是北影厂的信封，钟惦棐同志写的，另有两字："要件"。还以为是当晚的电影票，打开，服务员围上来看，原来是张打印的通知，"彭克柔同志：我厂定于 1980 年 1 月 7 日—2 月 7 日召开电影编剧座谈会，请您准时参加。北京电影制片厂（印）"。

显然，这是钟老的大力推荐和帮助的结果。另附有钟老留给我的便笺："请你 1 月 6 日去北影报到。学习期间千万勿提我的事，以免人说'走后门'。"

我真是喜出望外，服务员们也替我感到高兴！

对钟老，自然有说不完的感动和感激！

1980年1月3日

两星期前,将另一份《新春风景》复写稿请电影局剧本委员会《剧本园地》杂志编辑部的同志审阅。上午听取了他们的意见,给了热情的肯定,同时指出缺点、不足,建议我进一步修改。

下午到钟惦棐同志处,首先为能去北影学习,向他表示感谢;随即转告剧委会对《新春风景》的意见和建议。

钟老完全赞同,还说:"看了《他俩与她俩》,考虑到我们的电影总是太严肃,太死板,当时认为它好,是支持的。待又看了《瞧这一家子》《小字辈》,前一部是两对情人,后一部是三对情人,而且都是美满姻缘,皆大欢喜。情节是硬编的,不是生活真实,这路子不对。而《新春风景》是现实主义的,尽管不讲究情节。现在不是有一派理论'非情节化'么?"

我忽然想到,说:"看最近这期《新闻战线》

杂志，英籍女作家韩素音说：'《王昭君》里没有王昭君。有些情节是从莎士比亚和梁山伯与祝英台里来的。'"

钟老沉思半晌，叹息："曹禺在新中国成立后一直在上边。"停了停，不知为什么抛出一句："国共两党对他都好。"

这和《王昭君》里没有王昭君有什么关系？我当时没问，以后也没再问。

临走，就我这次去北影学习，钟老含笑但郑重地告诫说："不要打我的旗号呀！"

这是不成问题的。以后整整一个月的学习期间，我没向任何人透露过认识钟惦棐，更不可能说和他有什么交往了。

1980 年 1 月 15 日

两天前去钟惦棐同志处，张子芳同志叹着气说："他肝炎复发了，住进安定门第二传染病医院了。多年没法治，拖重了，耽搁了。当时要对待他好点，也不会成这个样子。"

她告诉了我医院地址，钟老的病房号。

今天下午搭车到第二传染病医院，见到钟惦棐同志，问了他的病况，看来精神还好，借这病在此静养，避免了干扰。

他听我谈了这些天在北影学习的情况，勉励我好好珍惜这个机会，多学、多听、多和人交谈，这是个难得的好机会。

他又急切地表露："工农题材要重视起来。

"几十年的农村、阶级政策、工业政策，积乱如麻，一下马，要变过来，九亿人口的国家，真不容易！我们该传达出一定的信息嘛！

"你的创作是从生活本身提炼出来的，就是

现实主义的。"

"要把生活写得更深刻，更令人回味，不要像《小字辈》。

"现实主义不是靠'编剧法'编出来的，来源于对社会的观察。戏剧化也好，非戏剧化也好，这是结果，不是原因。"

"从内容到形式、结构，每一部分都要有点新的东西，不要炒冷饭。"

他话题一转："电影要搞上去，还有个美学问题。"

这又是个大话题。他正在病中，不敢多打扰，赶紧告辞，留待以后再向他讨教了。

1980年2月8日

下午到第二传染病医院，见钟惦棐同志。

他就《新春风景》说："要搞个三部曲：这个是招待所；下一个是住到农村骡马店去，写农民、写近年的农村变化；再一个是住到高级宾馆，写高级首长。"

略停，他神色严峻起来，说："农村三十年，苦了农民，不变不得了！若不是中央两个文件，非出大乱子不可！"

我转告在北影学习的一些情况，说："这次李准给我们讲课，认为过去老是歌颂，今后要专揭露了。"

钟老很不以为然地："他太偏激了！"并对李准长期待在北京不下去，很有意见，认为："他不接受《大河奔流》的教训！"对张弦老写知识分子、讲究辞藻华丽的创作手法，他认为："是不良倾向！还是要面对我们最广大的人民群众。"

他要我边改《新春风景》边抓紧看书，如《奥勃洛摩夫》《贵族之家》等名著："《奥勃洛摩夫》一开头就写了一百多页，主人公还没起床，却不觉得长，这就是艺术。"

"创作不能硬编，一定要是自己在生活中的发现、感受，有自己的见解。真正是自己熟悉了的，理解了的，非写不可的，再去写，才有可能产生好作品、生命力持久的作品！"

他不喜欢美国片《魂断蓝桥》："那明明是按'编剧法'编出来的嘛！我爱人边看边流眼泪，我都觉得好笑！"

钟老还说："你要不住旅馆，关起门来就想不出。所以你每次和我谈，都感到其中有新的东西。"

他建议我把《新春风景》交给原所在旅馆的服务员看看，听听他们的意见。

他又说，"可以写剧中那小伙子的恋爱。生活里没有的不一定就不能写。"

我还谈到《上甘岭》《党的女儿》的作者、老电影剧作家林杉这次也讲了课。

钟老说："他全家都住在北影招待所，也是

影协书记处书记,前两天还来看过我,创作经验很丰富。你将本子给他,请他指教,就说我要你找他的。"

以后我找过林杉同志,请他审阅《新春风景》,得到他热诚的批评和指导。

1980年2月20日

今天是正月初五,买了一束绢花,插在钟惦棐同志的病房里,祝贺春节。

就北影同志对《新春风景》的意见,钟老反应敏锐地表示担心,可能要丢掉原稿的特色。为此提出三点:"一,要有主见;二,要冷静;三,可做必要的妥协。目的是先要搞出来,打响,站住脚。但不能无原则,该坚持还得坚持。

"艺术,就是要写别人不知道的。观众爱看的就是他不知道的!

"把《李有才板话》的故事告诉你,你也写不出来。别人就没法和赵树理去'撞车'。

"写张志新的人多,有哪个出色的?

"你这个戏就只有你能写。我开始看就一口气看完了。看别的本子,远在以前我在中宣部的时候,一看就头痛,因为那是硬编的,我有工夫我也能编。因此，你这个本子吉凶未卜。"

使我感奋的是，钟老还说："我为你这个本子写了个小引，将来发表时附在前边。这不影响你的修改。要抓紧改，争取三月上旬改出来。"他对"骡马店"的题材兴趣很大，说："现在写知识分子的戏多了，还是要写工农，特别是写农民。要写出农民的心灵之美、人情之美来！"

此时，他声调沉缓，满怀深情地说："我爱人就是农民。1957年我被打成'右派'后，我几次提出离婚，她不光不答应，还对我发火：'你这是什么意思？'批判我的时候，一般知识分子都要躲得远远的，她却陪我一道进会场。太不简单了！"

钟老情真意挚、满怀感激的几句话，使我对张子芳同志一下肃然起敬，在我的心目中，她的形象迅速高大起来。

要不是她在丈夫危难之际紧紧站在他身边，甘苦与共，生死相依，这个家早都破碎了！——在当时，一方当了"右派"，另一方因被迫离异而导致家庭破碎，有多少啊！

激发联想,我也谈到1975年至1976年在陕南、关中农村劳动蹲点期间,房东老太太对自己的真挚关心和照顾。不求任何回报,完全出于劳动人民纯朴、善良的人性与人情。

随后,钟老又说:"搞创作就要常到下边去,要扎在一两个点上。

"看电影很需要,但生活是源,那是流!"

我说:"《新春风景》写的是1979年春天,必然要体现四个坚持。"

话说到此,又勾起了他对沉痛往事的回忆:"我这一代人,就是从那种政治环境里过来的!当年确实觉得是自己错了,上下左右的人都说你错了,还能有什么怀疑呢?一直到周总理逝世后才醒悟过来。这么多年可悲处就在这里!"

我比他晚了一辈,难以体会他身体和心灵上遭受过的打击与创伤。而自己也曾一而再、再而三地受到非人的折磨,可以想见,他是多么艰难、痛苦地熬到今天的啊!

临走,钟老不忘再次鼓励我:"你这个本子是从生活出发的,又找到了一个合适的角度。不要丢了这个经验，改时不要失去这个特色。"

告辞出了院，走到街上，已经是灯火通明的夜晚了。

1980年3月8日

　　昨天上午到第二传染病医院，将《新春风景》的新改稿交钟惦棐同志。原拟两天后听取他的意见，他比我还急，要我次日下午就去。

　　下午，张子芳同志托我带上几张送传染病医院护士的电影票、《泪痕》的分镜头剧本，匆匆赶到医院。

　　护士们正在等票，见了票就高高兴兴地拿走了。

　　钟老谈对《新春风景》的意见，首先肯定了我："这一个月的学习没白学，有了新的表现手法，也顺当了。里面的老工人加得好。"随即话锋一转："我很不满意的是，初稿中原有的生活露珠和思想锋芒减弱了。"

　　这番话如同给我泼了一盆冷水，为之发热的头脑，当即凉下来了。

　　他重复了两遍"生活露珠"这个词，这是我第一次听到这个词。相比惯常使用的"生活气息",有了视觉效果,更具感情色彩,而且颇具美感。

他紧接着说:"原来我就想让你回到旅馆去改,有生活的实感。现在把当时的新鲜感磨掉了。你到底要给观众什么?不明确了。听意见不能把人物、情节当作七巧板一样去随便拼。人物性格是不能随便改动的,不能随便挪前挪后的!

"为什么电影创作还是没突破?还是不熟悉生活。特别是没有真正你发现的细节!

"生活也没个够。也要看你挑选的角度如何。日本的电影剧作家一年能写十个电影剧本,就是他不光是写自己熟悉的,而且能挑好角度。

"蒋子龙的小说《乔厂长后传》,一看就是当前人物的现状、关系。说明他熟悉生活。"

我谈到在旅馆时的一些生活感受,深刻难忘。

他惋惜地:"你现在熟悉的都还没装进去,这是个技巧问题。"

少顷,钟老沉吟:"1979年春天,确是历史的一个转折点,划时代的开始。再往后,就不会出现这样的人和事了。

"我原来设想的,这好比一架机器,你把零件都拆散了,扔掉了。现在要把它拾起来,重新装在一块。"

我说:"我把它的主题确定为:待从头,收拾旧山河,朝前越!"

他摇头:"但在剧中没强调,没着重指出来。"

关于语言"犯禁"、带刺问题,他说:"尖锐不尖锐,不完全在于词句,而在你把事情写出来,生活的逻辑,显出它的尖锐。

"剧中要有些哲理性的语言。"

片刻,从期盼有新的农村作品出现,钟老情不自禁地又感念与他同甘苦共患难的妻子:"1957年以后,我爱人负担五个孩子的生活,我过意不去,要和她离婚,她反而生气。她是农村妇女,太了不起了!"

我自然无比感动,进一步认识了张子芳同志,钦佩她非比寻常的坚贞、坚强、坚韧!以柔弱的身躯,支撑起这个苦难深重的家,而且坚持了二十二年!

可以想见,那时的钟惦棐真要是妻离子散的

话，不只不可能有今天眼前的这个钟惦棐，甚至早都没有钟惦棐了！——那些年，这样的悲剧，难道还少吗？

（十几年以后的1995年，我又来到陕南贫困山区，有了新的创作。争取再回到广大山民中间去，改好作品，终有所成。）

钟老将上海一位业余作者寄他的一个电影剧本叫我看看，代他回封信："信写长点，多给鼓励。"

他还给了我十几份《中国青年》杂志社编的内部通信资料，从中了解当前青年的动态。

临走，要我听到北影同志对新改稿的意见后，再找他谈。

1980 年 3 月 16 日

上午去钟惦棐同志处，转告他北影文学部王陶瑞同志对《新春风景》修改稿的意见，其中致命的一点是：与当前形势有了距离。

钟老听后，大为感慨："这风向一变，连他们都没个准了！

"由这个剧本得到教训：要写带永远性的东西，不要跟政治跟得太紧，否则具体政策一变，你这作品就过时了，拿不出来了。"

我谈及陶瑞同志要我以一人一事为主，我舍不得改变此剧的风格和表现手法，即：塑造人物群像，学《罗马十一时》，不追求戏剧化。

钟老表示支持："当时这个剧本给他们以新鲜感就在这里。要是以一人一事为主，就没这个特色了。"

他说："接受上次改《皇后之玺》的教训，改得很苦，不行！有信心改，最好回到旅馆去改。

要不，另写新的，要有战略眼光，包抄，迂回！"

我希望他能介绍我找《中国青年》杂志的同志，了解当前青年的一些情况。

钟老不赞成创作采用访问的方法，但还是欣然给我写了一封给《中国青年》杂志两位同志的信。

1980 年 3 月 28 日

上午到钟惦棐同志处,转告与《中国青年》杂志同志的交谈情况。待《新春风景》新一轮修改完成,拟写个关于青少年心灵的戏。

他略加思索,说:"不要去搜集材料,从别人家的谈话里找灵感;还是要从自己的切身感受出发。这方面看似平常、司空见惯却令人触目惊心的事例,太多了!"

他神色沉郁地举了个例子:"我院子里有一株葡萄树,一小伙子进来看后很惊喜,哑巴嘴,想赞美一句,可找不到词儿,憋了半天,冒出一句:'他妈的!'"

钟老问我:"你知道北京的门牌为什么给砸坏了?压路机里被扔进了石子?"

不等我回答,他说:"都是孩子晚上干的。按说并不碍着他们什么,就是手痒,对社会不感到要负什么责任!"

意犹未尽，他还说："我坐公共汽车，见抱小孩的妇女都让座，否则于心不忍。而有人就闭上眼，装睡着了。这都不是一两天能改过来的。"

1980年4月7日

下午带上《新春风景》的新改稿去钟惦棐同志处，一位护士说："他看《归心似箭》去了，五点以后才能回来。"拟留下纸条，写了几个字，还是觉得当面交谈好。搭车到虎坊桥，转了转，看了看《诗刊》杂志社门口的街头诗。

六时，再去医院，钟老回来了，说："都说《归心似箭》好，特去看了一下。好是好，不像所想象的好！女主角气质不错，但内心表现不够。男主角不错！

"《归心似箭》分成了三段，还是戏剧的写法。要是从玉贞思念爱人展开回忆，不更像电影么？"

由此，他再次强调："电影要搞上去，还有个美学问题！"

边走边谈，一道进了病房，才坐下，钟老就说："《皇后之玺》确实过时了。上次你谈写青年的戏，这是热门，确实要研究青年学。"

"写青年人由幻想的破灭而怎样看到理想的。这写七个、八个都不嫌多！"

我说："这些天正在考虑，问题是找到个恰当的表现形式，如一盘珍珠，怎么把它串起来。《新春风景》的体会告诉我，艺术，尤其是电影，内容新还得形式新。"

他相当自豪地说："我的那篇《电影文学断想》，就是找了个很合适的角度，凡想到的，都能装进去。没有形式，也就没有内容。

"《文学评论》编者要求精简几千字，这下文字更精炼了。我总要挑选另外一个说法，不把它写成新闻语言。有人认为'断想'是1979年一年中最好的一篇文章！"

（此说绝未虚夸。记得当时各个文艺刊物都有总结新中国成立三十年小说、戏剧、音乐、美术等经验、教训文章的发表。就我所知，时至今日，像《电影文学断想》这样的传世之作，并不多见。）

此外，他还谈道："主题与生活是互相渗透的。在生活中形成主题，有某种见解，在生活中再得到改变或证实。出于强烈的愿望、认识、理解，认为应该出现这样的人物，进行创造。这都是现实主义的方法。"

钟老拟这几日考虑《归心似箭》，写篇文章，联想到电影《吉鸿昌》，说："吉鸿昌到苏区后的谈话，硬要在房子里说，这就是戏剧的写法，怎么不让他在路上说呢？还是个美学问题！"

（在当代电影评论家、理论家中，他是较早看重电影美学、研究电影美学的人。这是基于他对电影特性与特长的深透认识。"牵牛要牵牛鼻子。"钟惦棐矢志不渝要牵电影这头"牛"，坚信就要牵电影美学这个"牛鼻子"，从而成就了他作为中国电影美学的奠基者的学术地位。）

1980年4月21日

下午到第二传染病医院,钟惦棐同志盛赞谌容的《人到中年》:"它没什么情节,不是硬编,是自己的生活经验。我正想写篇文章,什么叫作艺术内容?就是自己的生活经验。

"作品一定要给观众想象不到的、新的东西,是我的体验并经过思考、有了自己的见解的东西。"

(后来他还有一次向我强调"艺术内容就是作家的生活经验。"这是他继"艺术是作家对生活观察和认识的反映"之后,又一个新的、宝贵的创见。两者互为补充,阐明了艺术的本质与作家的创作规律。)

我向钟老简要谈了拟写的青年题材的构思。

他摇了摇头说:"我怕你写不好。你光看到青年问题严重,要写,但你没有从最具体的、个别的事物里去发现这个问题。没有情节,而只是概念，这就很容易'撞车'。许多人都在写青年，你能不能写深？"

我说："我还是有信心！"

他说："有信心可写，但我还是要给你泼冷水！除非你从自己的生活经历里去提炼题材、主题。那个'编剧法'是害人的！一套一套的，也许有剧场效果，也不坏，可看过即忘。电影也需要这方面的作品，但它不是电影创作的路子，不能形成主流。"

由此，他热切关心并鼓舞我："我希望你还是到农村去，实打实，写农村新气象的东西。我拟给北影文学部主任写封信，借调你到农村去。"

我当即表示："那正是我所希望的，争取尽快到农村去。关中、陕南的平川和山区我都去过，自信是能吃苦的。"

1980年4月24日

张子芳同志在北影宣传发行科工作，打电话把我叫到办公室，说："老头叫你下午去一趟。"

下午到第二传染病医院，钟惦棐同志午觉醒来，指了指桌上的《新春风景》剧稿说："你看看。"

我逐页翻阅，许多地方大刀阔斧地删了，有的改了，有的批了字。他看得仔细，改得很好，我心里说不出有多么感动和感激。

他还说："对话缺少余韵，有的只是说明，说不说都一样，应该经得起'咂摸'，回味。

"再就是主题还不深，怎么再深挖一下。"

略停，他郑重谈道："昨天我给胡海珠写了信，建议你到农村去，写农村新面貌，以特约编剧的名义下去。"

我一听忙说："这么做合适不合适？胡海珠不会反感吧？"

钟老一摇头:"怎么会呢?!"指了指桌上的剧稿:"这个本子先由北影决定一下,不用的话再说!"

我说:"王陶瑞告诉我,北影的导演、领导都不大喜欢这种样式的东西,是不是可以给电影学院?"

他说:"我正在考虑,给《啊,大森林》的导演。"

我希望先发表,听取读者的意见。

他说:"那没问题,发表时我写一篇文章。"笑了笑:"为了我这篇文章,他们也会发表的。"

(剧本最终没能发表,自然不足挂齿。但在中国的电影评论文库里,少了钟惦棐的这篇文章,倒是比较值得惋惜的。)

我谈及正在构思的一个剧本:"一位爱好美术的农村小伙子,到城市来学画画,搞画展,经历各种美与丑的人和事,受到思想、情感的冲击,通过比较、思考,发现自己最熟悉、最美的还是家乡,于是以新的精神风貌重返农村。剧名叫《唱一支美的赞歌》。"

他仔细听着,说:"剧名叫《美之歌》好。"略一想,又说:"一年前你提出来,我会支持的。现在电影里知识分子太多了,把农民都忘了,我一看就厌烦!

"我去年年底在影协书记处会议上提过这个问题。现在着手抓农村题材,都有些晚了。"

最后他勉强同意:"你实在要写,可以试试。"但远不及当初那样热情鼓励我写《新春风景》了。

回到北影招待所,王陶瑞同志对我说:"胡海珠下午把钟老写给她的信给我看了,信上说:'《新春风景》就这个样子了,请你们最后决定一下。他要写青年题材的戏,我看凶多吉少。出来时间太长,本单位领导有意见。他熟悉陕西农村,有许多朋友,请给他请创作假回陕西农村去。麻烦你们了。'胡的意见是:同意钟惦棐同志意见,让他先回去。将《新春风景》讨论研究一下。请创作假不可能。"

老王解释说:"除非你是李准。没有成形的本子,就给你请假,还没这个规定。我们编辑人员都不行!"

看来，钟惦棐同志都为我那么着急，在那里"急于求成"了。这样的关怀、激励和鼓舞，是我永远不能忘记，也不该忘记的。

1980年5月1日

下午6时，我将《新春风景》新改稿交给了钟惦棐同志。

他爱人和孩子正在房内，我忙说："我在外边等等！"拿了张报纸，在会客室看着。

不久，钟老进来，先关心地问："北影是不是欢迎你住下去？"然后替我设想："要靠一头，和剧本委员会联系，将《新春风景》交《剧本园地》发表。将来请电影局开介绍信到陕西农村去深入生活。"

他语重心长地说："不要操之过急，要沉住气。破土而出不容易，关键还是作品。

"必要时请剧本委员会给你找个地方，在短期内把青年题材的戏写出来。"

他还关切地问："你和青艺的人还有来往吗？"

我说："有，春节还去看望过他们。"

他殷殷叮嘱地："保持联系，不要把人家忘

记了。"

我深深点头:"那当然,要不是他们,我就来不了北京,也没法得到你的批评指教,写这电影剧本哩!"

1980 年 5 月 14 日

下午到钟惦棐同志处，转告上午王陶瑞同志对《新春风景》的意见："改了三稿，有进展，春意更浓了，伤痕、议论少了；并没粉饰生活，感到还是浅，怎么深就想不出办法了。请两位导演看，都对这种样式没把握。能不能让观众跟上走，是大问题。"由他负责送《剧本园地》，请他们看看，能否采用。

钟老决断地："交电影学院拍！"当即给我写了一封致电影学院表演系主任邸力同志的信："邸力大姐：彭克柔同志写了个电影剧本，说好的人不少，你们是否可拍？不同意见（北影）可能是属于美学观点问题。《未来在召唤》是老套子，反得了一等奖。"

他对《美之歌》态度消极："题材窄了，现在要写大家关心的重大问题，失败了也值得！"

他要我"尽快搬出北影，别给人以赖在那里

不肯走的印象！"

我说："我住惯了旅馆，川流不息的人，视野开阔。现住北影招待所，一个人一间房，很安静，舒服，但深深感到寂寞，除掉省钱，早都没什么留恋了。"

1980 年 5 月 23 日

下午到钟惦棐同志处，转告上午听取《剧本园地》编辑部同志对《新春风景》的意见："几个月前觉得它新颖，现在形势发展，伤痕太多；你要写农民出国考察，知青考上研究生出国留学就好了；现在'右派'基本改正，冤案也已解决，再写落实政策就过时了。"

钟老断然反对，说："按说不能这么提意见的，这种说法是没道理的。这绝不是电影局的意思！"

稍停，他问："他们就这么把你打发了？"

我说："人家态度很热情，几个编辑把我送出门，还一再说我'擅长概括生活，想象力丰富，来得快'。"

他笑了笑说："倒不完全是溢美之词。"

我说："对我正写的《美之歌》颇感兴趣，要求写成交他们。"

钟老却持否定态度："你的角度没挑对，画画之类，意义不大。"

他关切地："下一步怎么办？要抓成熟的题材，不要那么急，但要搞成。我们是唯物主义者，没有成品，社会就不承认你，这是唯物主义的。"

他对北影不肯下功夫抓电影文学，而是捡现成很有意见："他们只是摘桃子！"

最后，他说："请秦兆阳读一读吧。"给我写了封致秦的信："这个本子我出了些点子，也许就不客观。《剧本园地》认为是伤痕文学，看来小说比电影的现实主义多些。请考虑《当代》是否能用。"

1980年6月7日

　　下午到钟惦棐同志处，他直率地、毫不留情地批评我写的《美之歌》，说："你是先有思想，才有故事，路子走歪了！这是艺术观问题，要加紧学习、借鉴！

　　"这几个人物都不可爱！好人都好，坏人都坏，我最反感！脸谱化，像游魂，没有时代感，脱离社会，脱离群众，也不可信。大家都忙于'四化'，谁有兴趣对这几个人感兴趣？！"

　　我经受着又一次的脸红耳赤、手心出汗的窘迫，但还是硬着头皮、一字不漏地倾听着。

　　他接着说："电影是几千人在一起看的，你怎么能吸引这些人注意？一定要有关系到国家、社会命运的问题，吸引人才行。光画几张画算个什么！

　　"《小花》一开始就写小花找哥哥，观众关心了。你这个没人关心的。

"也有矛盾冲突，但那是茶杯里的风波。

"背景太狭窄，就那么几个人局促在那里，人物出不来。

"这说明脱离生活硬编，多危险！

"还有，话剧味太重，没完没了地说。这不行，要以电影的眼光观察生活，一切化为可视形象。

"一定要发挥自己的优势，如写《皇后之玺》。说真话与假话的主题，可写几十个戏！

"一定要从自己的生活感受出发，从大量的生活素材里去提炼主题；而不是先有主题，再去找故事。"

好一会儿，我的心跳、紧张才渐渐平复下来，于是沉痛而感激地表示，一定努力消化、吸收他这些批评意见，考虑是否值得和有能力做新的修改。

我随后转告："秦兆阳看了你的信说《当代》不发表电影剧本。但留下剧本，看后约我谈，着重指出：'要有不可替代的、入木三分的细节。'邸力的意见是：'散，缺少悬念。'"

钟老颇感苦恼地说："这个戏到底失败在哪

里？我现在还得琢磨琢磨。因为我参与了，就不好找黄健中他们来研究了。"

他听说我和上影厂的编辑也有联系，叫我将《新春风景》寄给他们看看。

钟老又含笑鼓励我："过去我培养张弦，现在到处抢了。我现在培养你，可还是出不来，将来也是会到处有人抢的。"

他建议我："先回去。这看起来被动，其实主动，看准了抓一个，再出来。"

"现在你已被动了，领导、群众有风凉话，忍受一下，要有这个容量。"

我说："这总比'文革'中挨整强多了。"

他忽然记起，感叹地："我原想叫你去上海再搞一个时期，但是万一搞不出来，又把一扇门堵死了。"

"上影文学部头头石方禹我认识，写封信，说明你很用功，希望他们多帮助，能办到。问题就是没把握搞出一个戏来。"

最后就我回去的问题，他要我再考虑。

我老实承认："现在心情很沉重，情绪低落，对创作都失去信心了。"

他再次热情鼓舞我:"《新春风景》的失败与《美之歌》不同。你真从生活出发,有模特,是能写出作品来的。"

(钟老知我、爱我,对我寄予厚望。那情,那景,至今如在眼前。此后一直成为我努力奋发有为、有所成就的强大精神力量!)

1980 年 6 月 14 日

下午去钟惦棐同志处，谈已搬出北影，承蒙《剧本园地》同志将我安排在文化部招待所。根据他上次对《美之歌》的尖锐批评，又做了一次修改，请邸力老太太和《剧本园地》同志看后，得到许多鼓励，要我把它改好。

他很高兴，一想，又敲警钟："应急可以，但不足为训，完全是在编！

"艺术一定要写别人不知道的。要有长期的积累、思索，刻骨铭心，非写不可才写。

"我反对把人分类，好的都好，坏的都坏。生活是很复杂的、丰富的，不是那么简单、划一。

我说："在文物、考古领域，有人弄虚作假，把出土的金银器随便放在一个地方，还画了张发掘位置图，拿去发表。"

他明确肯定："这就是别人不知道的。

"语言上也要性格化。你写的几位老专家，

语言都一样，是大忌。

"《皇后之玺》两个老专家，一好一坏，外国人来解决问题，我很反感！"

他还是对《新春风景》感兴趣，建议我将它寄给正在峨眉厂改剧本的张弦看看。旋即又说："也不一定寄，来回耽误时间。"

他又想得很深、很远，沉吟地："要关心时代、社会。如中国的历代统治者都抓军队，刘邦、赵匡胤、朱元璋。资产阶级都懂得，艾森豪威尔想当总统，还得先当几年大学校长。对这些要有认识，不是叫你写成作品。"

我想了想，说："作为大学历史系的学生，我读过一点点《资治通鉴》，发现那书里只有政治、军事，极少经济，更少文化。特别是改朝换代的章节，军事的分量比政治还重。"

钟老几乎是厌恶地迸出一声："现在靠《资治通鉴》是治不了国的！"

（在此后的岁月里，越来越清晰、真切地认识到：钟老放眼看世界，潜心"读"电影；"宏观"关心国家大事，"微观"研究电影美学。这正是他远远超越同时代文艺评论家、电影理论家的一大原因。）

我临时想到，又说："以前，我们单位的领导是位老红军，做了只大木箱，请人在箱上写了'福、禄、寿'三个字。"

他说："这个细节就很好，要记住，不一定能用上。"

我谈到上大学前在部队上过军医中学，还在医院实习过，一直想以医院为题材，进行创作。

他热情鼓励我："我早就觉得应该有好好写医生的剧本。"

1980年6月24日

　　下午去钟惦棐同志处，见有北影汪洋和其他几位同志在，当即转身离去。

　　钟老喊住："你等一等，我正找你有事！"

　　我在会客室等了一阵，待他将客人送走，对我说："我曾想给汪洋介绍你，想法借调你马上到农村去。"

　　他对《美之歌》很不感兴趣，再次强调："艺术，是作家对生活观察、分析、研究的结果。《于无声处》，姑娘是公安人员，抓的正是她男朋友，这在当时，简直是个火辣辣的爆炸性的主题！

　　"作家一定要回答时代提出来的问题，要抓时代的主题，像易卜生的《娜拉》。小说《月食》揭示了进城后脱离群众的问题，就比一般写'右派'的作品深多了。《人到中年》看了使你不能放下，得琢磨琢磨其中的道理。戏和电影里，就有许多看后即忘的东西。

"一定要骨鲠在喉,一吐为快,才写。"

临走,我问:"你说还有什么事找我?"

他语气平淡,却满怀关切之情说:"没其他的事,就是问问你最近怎么样了?"

他对我的关怀与教诲,总是那么炽热而深沉,这是使我永远感激和不敢忘怀的。

(几年以后,钟老就作家的为人、为文,定下了铁的原则:"九分做人,一分作文。"和他不曾接触或相交不深的人,也许认为这是他的偏激之论,或故作惊人之语。其实,钟老是说到做到,身体力行的。他早就这么做了!)

1980年7月9日

下午到钟惦棐同志处,陪他在医院花园散步。

他几分生气地说:"同院一些老干部,我都不想和他们说话了!"

我问:"他们怎么了?"

他说:"老埋怨怎么挨整,现在老了,把为党工作的时间耽误了,等等。那都过去了嘛!你这么老埋怨就不耽误了?抓紧干呀!"

(钟老就是这么抓紧干的。在生命最后的八年里,为中国电影,奉献了自己全部的光和热、智慧与真情。)

钟老对戏剧、电影的现状很不满:"政治上有进步,艺术上没突破,远不及小说。

"你看贾平凹笔下的那俩姊妹,性格多鲜明!

"谌容的《人到中年》就是有一股强大的艺术力量强迫你跟它走,从而改变你的观点。三十年代的冰心、丁玲都不及她！"

我叹服："《人到中年》这样的作品，我死都写不出！"

他纠正："也不能这么说，各有所长。"

1980 年 7 月 24 日

下午到钟惦棐同志处,他开口就说:"想将《新春风景》寄给谢晋。"

他是从读谢晋发表在最近这期《电影艺术》上的文章想到的。

谢晋在文中赞赏《罗马十一时》,写了那么多的人、人的性格、人与人的关系、人的命运、过去与未来。他反对一些人老是要求有个中心事件、外部矛盾冲突,否则即认为"平了,散了",成了老框框,使得不同风格、流派老出不来。

钟老说:"50 年代初,我在中宣部的时候,谢晋拍《鸡毛信》,我给帮了不少忙。有我的信,他会接待你的。"

他想了想,又说:"现在看《新春风景》,主题要吃亏。写过去的,还得对今天有现实意义。要看今天现实中群众最关心的,迫切要解决的是什么。

"要通过具体事件，写出永恒的东西。如1979年当时大家还有疑虑，怕反复，一慢、二看、三通过。加强那小伙子与女服务员的戏。不能使人有明日黄花之感。

"《新春风景》缺乏激动人心的东西，这是深度问题。写不深，还是对生活不熟悉。"

他又强调："光熟悉生活不行，还要有见解，提到哲理高度。艺术，不是生活的反映，是作家对生活认识的结果。"

他再一想，没把握地说："算了。去了上海，无功而返，对你的打击更大了。"

我谈及："《美之歌》的新改稿，已听取《剧本园地》的意见，他们希望能听到你的意见。因为你对头一稿就反感，我已请青艺的同志看了，认为可以，再请你看。"

他笑说："看不看都可以，就说我认为好。"

我赶忙说："那怎么行？"

他忽然想到："要写个说真话的典型，很有现实意义。要说真话，就得没私心，要做出牺牲！"

我说："《皇后之玺》就是坚持说真话的。"

他问:"能不能去掉外国人?"

我反问:"外国人来了,他还说真话,不更有意义么?"

他还是摇了摇头,略停,忽又叹息地:"现在一些年轻人为什么这么容易轻生?受不了一点打击,动不动就自杀!而且事先拍照,写遗书寄回家!"

我哀叹地:"那真成了'视死如归'了!"

在回住所的路上,重温钟老的话:"艺术不是生活的反映,是作家对生活认识的结果。"深感他对生活与艺术的关系有了进一步清晰、透彻的了解,是又一个创见,一个新观点。

1980 年 8 月 14 日

　　下午到钟惦棐同志处，他严肃指出："你对事物有一定见解，但还不深。一定要有独特的见解，见人所不能见，否则成不了作家。"

　　"世界观很重要，巴金、曹禺来自旧家庭，但他们对这家庭憎恨，看出它必然灭亡的命运，所以写出了《家》《雷雨》。一定要有非说不可的话，憋得难受，坐卧不安，非写不可，才能写出好作品。"

　　他肃然起敬地谈道："邓小平、胡耀邦这样的同志真是顶天立地，能把中国改变到今天这个样子，太不容易了！"

　　钟老惋惜我没有及时去农村："否则已经出东西了。今天农村的大变化，是惊天动地的变化，是用血泪换来的！"

　　他对北影等单位不重视剧作家的培养耿耿于怀："这是短视的表现，我准备呼吁一下！"

他还谈道:"上海的两位作家给我寄来一本写傅雷的电影剧本,收集了许多素材。我一口气看完,很不错!当即写了回信。"却又叹息:"可就是不能拍片!"

1980年9月1日

接到钟惦棐同志打来的电话，说他看了新改的《美之歌》开头部分，就看不下去，编的痕迹太重。问我能不能改《新春风景》和《皇后之玺》，否则就先回去，将来再来京。

上午饭后去见他，接着这个话题，他说："人物关系是硬编的，而且正反面人物都摆好了，怎么发展都能猜想到。真正把人物写出来了，是不能随便改的！"

当时发生了一起轰动全国的"渤海二号"沉船事件，对外开庭审判。我说："要能参加旁听就好了。"

他坚决地摇头："不要去赶这个时髦，这不是艺术规律！"

1980年9月4日

下午到钟惦棐同志处，转告昨天邱力老太太邀请电影学院表演系主任、副主任和教师座谈了《美之歌》，提了许多好的意见，要我努力改好。

他高兴地说："他们要能扶植成功，简直功德无量！"但又警告说："《美之歌》是向壁虚构的产物，不足为训。"

对《新春风景》，他发出一声长叹："我也参与了，就看不准了。"

（这完全是由于我的低能，造成他审视和判断上的不确定与难把握。这是我十几、二十年后的今天，都深深感到愧疚的。）

《电影的锣鼓》是怎么敲起来的？早想问他，但想到这是造成他遭受了二十二年厄运的祸根，至今心身还留下严重的创伤，不好探问。

此地，此时，钟老满怀感慨，尽情倾吐："新中国成立后，眼看我们的文艺作品只能写工农兵，公式化、概念化，题材主题越来越单一、简单，路子越走越窄。朱老总都说：'我打了一辈子的仗，不想看舞台上还打仗！'"

"我当时忧心如焚，觉得只提'文艺为工农兵服务'已经不够了，但又不能这么说，那就换个说法'要发展'吧，可也没人说这个话。我只好站出来说了，于是写了《电影的锣鼓》。"

1980 年 9 月 24 日

青艺的剧作家、评论家王正和文学组的同志听说我和钟惦棐有交往，都想见见这位《电影的锣鼓》的作者，向他讨教。我向钟老转告了这个愿望，并说："我能借调来京，就是因为他们向院方推荐。特别要感激王正，远在 1962 年我学写话剧的时候，就得到他的热情指导和鼓励。他有位非常优秀的妻子，儿童剧表演艺术家方掬芬，患难与共，携手走到了今天。"

钟老愉快地表示，找机会一定和他们见面，谈谈。

前日，钟惦棐同志要我约王正一谈，说："请他写个'变形记'，关于 1957 年的事！"

我遵嘱邀请王正，今天一道来到钟家。

王正一见钟老，就说："早就想来看你！"

钟老笑握他的手说："你的戏（《迟开的花朵》）我还没看。"还问："尊夫人好吗？"热情、亲切地畅谈起来。

王正问:"你主要还是搞电影?"

钟老点头,为电影感到骄傲:"大众性——电影可爱的地方就在这里。

"现在的电影太老实,要独出心裁,别开生面,出奇制胜,写个1957年的戏,离现实生活更远,可更触及本质。请你来,就是想,你能不能写这么个戏?"

王正略感犹豫,表示考虑好再答复。随即谈到爱人方掬芬今年都51岁了,想演最后一个儿童剧,写流浪生活,当年抗战时期就在重庆一带,有这个体会。涉及面广,国庆后想去四川两个月。

钟老赞同地说:"我就主张给演员写戏!"

我说:"三、四十年代的中国电影,有这个传统。"

钟老赞扬说:"青艺有个好传统,那就是它的战斗性,这有别于北京人艺。从电视上看到你们改编的《猜一猜,谁来吃晚餐》,真好!"

他又问王正:"你看李默然在《报春花》里演的那个领导怎么样?两只肩膀扛起来,我见到的领导可不是这样的。"

就此，他举了个相反的例子："那还是解放前夕，我亲眼看到刘亚楼和陈锡联两人一见面，一个问：'你还没死呀？'一个回骂：'你他妈的！'你打我，我打你，又抱在一起，从床上滚下地。哪有扛肩膀的领导！"

关于一月召开的剧本座谈会，钟老感慨系之："现在强多了，没那么搞——等着机会整人。已经很不错了，进步了。要放在过去，不知道又要倒下去多少人哩！

"现在还有人以法官的姿态对待作家和作品，又是50年代的那套：'难道生活是这样的吗？'"

他俩认为今年戏剧、电影都沉寂，首先是受到了一月剧本座谈会的影响，再就是作家们把这些年的积蓄写完了，要重新深入生活，来不及搞出新的。

彼此都慨叹作品生命力太短，满足于赶任务、撵形势，任务一完，形势一过，就没人提起了。

王正谈道:"1963年学雷锋,许多人都要写雷锋,去沈阳采访,住在一家旅馆,可还互相保密。"

钟老笑摇头:"为什么会这样?这事情值得总结!"

王正还说:"两个作者同时写'右派'改正,彼此都不认识,可写出的人物、事件、人物关系、基本情节都一样。"

钟老又笑:"这也值得总结!"

两人畅谈了两个多小时,很是愉快。

最后告辞,钟老将王正送出门来。

在回去的路上,王正感佩、赞叹:"钟惦棐这人很随和,平易近人!"

1980年11月30日

　　上午到钟惦棐同志处，他深有感慨地说："最近看了日本的《野麦岭》《绝唱》和国产片《巴山夜雨》。日本出了那么多大腿、性生活片，现在看《野麦岭》很受感动，反映了20世纪初日本工人的苦难。

　　"《巴山夜雨》对话很少，主要通过动作、表情来塑造人物，反映'文革'的根源、危害，很深刻！

　　"一定要按照生活的本来面貌来反映，有血有肉，带着水分。要写出人的心灵，不能就事论事！

　　"不要光写些表面的现象，要挖掘有普遍意义的、积极的东西。"

　　他语重心长地说："你是有创作才能的，也有见解，现在就是创作方法问题，动摇于现实主义与向壁虚构之间。

"艺术要有自己的生活发现，这是铁的逻辑，用不着听人家说什么就怎么改。

"要扎扎实实回到生活中去！《皇后之玺》就有这个特点，从别人的不可能写的角度，揭示了它的特殊意义。但那戏创作方法上也有问题：有个说真话的，就来个说假话的。《新春风景》可惜没打响，《美之歌》是个倒退。

"要在生活的基础上虚构，不能在虚构的基础上虚构。

"新作者都是带着自己的生活走上文坛的。赵树理只能写小二黑、小芹，决不会去写丁玲、冰心的题材。

"作家是充满激情，憋得受不了，如同蚕吐丝那样，一定要吐完为止的。

"要扎扎实实生活，从生活里吸取题材。"

带着钟惦棐同志给我的批评、鼓舞、鞭策、教导，不久即告别北京，回到原地工作、生活、学习。努力消化、吸收他一次次的批评指教，从生活出发，从自己的真情实感出发，进行新的创作。

1981年春，中国电影评论学会成立。众望所归，钟老当选首任会长。我去信祝贺。可以想见，他的社会性活动将明显增多，特请他劳逸适度，保重身体。

1982年5月，钟老来历史文化名城西安参加"百花""金鸡"双奖大会。会议间隙，他派车接我去宾馆见面，我不巧外出。次日，他亲自来找我，时隔一年半，见他还是那样爽朗、潇洒、神采焕发，我很是欣慰。

我陪他参观碑林，来到唐代大书法家张旭草书碑前，我指着一笔写下的"行"字，说："过去当官的批阅公文，表示同意，多写个'行'字，名曰'画行'，如同现在的画圈。"

钟老意味深长地说："画圈怎么能和人家画'行'比呢？有的画了圈还不承认哩！"

他看到历代名贵碑石镶嵌在简陋的砖砌墙壁上，痛惜地说："丈八沟（陕西宾馆所在地）的墙壁比这强多了！怎么就舍不得掏钱把它保护得好点呢？"

他游碑林，特别欣赏于右任的书法。于书的返璞归真，纵横挥洒，尤其是那百炼钢化为绕指柔的境界，很合钟老的人品、性格。以后我搞到一张《于右任书无名英烈纪念碑》和新出版的《于右任书〈出师表〉》《于右任书〈正气歌〉》，寄给了他。

随后，又托人送去了一尊从西安工艺美术厂购得的仿唐三彩"双龙尊"，造型奇特，色彩艳丽，相信他会喜欢的。

原想给他捎些西安的土特产腊羊肉，有朋友警告说："你这么做就庸俗了！"以至没捎。现在很后悔，其实是应该捎的。

1983年8月号《人民文学》杂志发表了我的一篇小说《教训》，揭露某些僵化的、麻木不仁的人物。当即给钟惦棐同志寄了一本，很快得到他的回信。

克柔同志：

看报纸出版预告，《人民文学》发表了你的作品，我也高兴。感觉亦如来信所云。

几年来也写了不少东西,总是在激荡中度日,不求平静,而成活率小,这一点,其实对你也是很有用的。《教训》中各有所指,从而使读者要从中得出自己的审美判断。这就是这个短篇的文学要素。我常以为你的求急,使作品直露者多,意蕴不深,但愿《教训》能成为你新的起点。

我仍以为你要多读名作(契诃夫!),找自己喜欢的,它能启迪你更多。短篇小说比之电影文学,宜于更多的激情。

我顺手将"倾听"改为"谛听",是否更贴切?

握手

钟惦棐

九月三日

我的一点点微不足道的成绩,却让他那么喜悦与感奋,给了我新的激励与鼓舞。

1984年3月,钟老应邀来西影厂讲学。行前给我来信,约我到时去看他。

就是这次讲学,钟老倡导拍"自己的西部片",道出了人们心中也许有却说不出的新的概念与命题,迅速掀起了"西部片"热,以惊人的面貌走向世界,促进了国产片新的创作高潮。

相隔两年,和钟老在西影招待所重又见面。

我问:"你身体好吧?"

他一摇头,迸出两个字:"不好!"

我猛一怔,脑际飘过一丝不祥的预感,竟没勇气深问。

到了钟老的房间,他送我一本新出的《陆沉集》,而且早已在扉页写上:"彭克柔同志惠教,钟惦棐八四年三月"。看目录,是他1957年以前的电影和其他艺术类的评论文章结集。那时他还是三十几岁的青壮年,待今天汇编出版,却是白发苍苍的老人了!

几句寒暄过后,他就兴致勃勃地谈起了电影,称赞《血,总是热的》针砭时弊,而又达到了思想与形象的较好结合。

此时,西影同志请他去参加座谈,我只好匆匆告辞。

次日上午,我再去西影招待所,钟老已收拾行装,准备搭机回京了。

我遗憾地笑说:"我来给你壮行!"

他也遗憾地笑说:"还没说上几句话,就要走了!"将我送出房门,挥手告别。

做梦都不敢想象,这竟是我和他最后一次的见面!

1986年6月,钟惦棐同志从北京来信:

彭克柔同志:

我可能于七月初去西安参加西影召开的创作会议,届时盼能见到您。

余见面谈,两小时后将去杭州,匆此不赘。

握手

钟惦棐

六月十三日晨

西影创作会议取消,钟老没能成行。

我随后给他去了封信,首先问候他的身体健康,谈及自己前不久出差香港的观感,在香港看电影的正反面感受,学写电影剧本的情况等。信中谈到阿城:"读了《棋王》,自愧不如。他的睿智、深邃、老辣、幽默，无疑有您的遗传因子。当然我也不气馁。正如契诃夫说的：'大狗叫，小狗也叫，让它们以各自不同的声音叫吧！'"

做梦都不敢想象，这是我写给他的最后一封信！

到了1987年3月底，偶然翻开上海《文汇报》，赫然一行黑体字直刺双眼："我国著名电影评论家钟惦棐去世"。我几乎一下给击倒了！震惊，愕然，悲从中来！满怀悲痛的心情，去邮局给张子芳同志发了份唁电："惊闻钟老不幸病逝，个人失去恩师，影坛失去权威，深感悲痛！务请忍痛节哀，抚育儿孙，完成钟老未竟事业！彭克柔。"

此后几天里，忍受着这份悲痛，给张子芳同志写了封长信，缅怀钟老给予我的真挚热情、无私的关心、扶植、批评、教导，再次致以衷心的感激与慰问！

那些日子，在钟老的客厅、在医院病房聆听他的谈话，陪他上街、乘电车、开会、看电影、花园散步的情景，分外清晰、鲜明，历历如在眼前。

随后不久，从中央电视台晚间新闻，看到为钟老在八宝山革命公墓举行追悼会的悲壮情景：缓缓走动的人群，一张张沉默肃然的脸，习仲勋同志代表中央亲临主祭，文化部部长王蒙真诚、恭敬地献上花圈，隐隐可见悲痛欲绝的张子芳女士和她的儿孙们。

他理该享有这样真情、隆重的身后哀荣。我为自己没能赶到北京，见上他最后一面，而深深地感到歉疚。

永远的感激！无尽的怀念！

此后几年间，时不时想到他，就有一种难以排解的悲哀、酸楚袭上心头。对我来说，这是只有1964年失去父亲和1988年失去母亲，才有的一种悲哀、酸楚。

连我自己也非常诧异，对他为什么会有如此血肉相连般的感情？我心理上可从来没有这种精神准备啊！

仔细一想，这又是必然的、应该的。

他不仅在创作上给予了我尽心尽力的教诲、培养，更以他的崇高品德和人格魅力，为我树立了做人的榜样!

　　钟老从小力求上进，自食其力。在那民族危亡之秋，毅然决然地投入了抗日的洪流。他吃过延安的小米，住过延安的窑洞。他从延安走出来，穿过炮火硝烟，走到了北京。这样的生活实践与战斗历程，决定了他的一言一行、所思所想，总是把自己与党和人民的命运紧密地联系在一起。这是他那一代革命知识分子共有的特征，而他表现得更为执着、强烈。

　　钟老赤诚率直，豁达爽朗，光明磊落，襟怀坦荡，爱憎分明，疾恶如仇，喜怒形之于色。他爱笑，笑起来像孩子般的天真。他有一颗赤子之心!

　　幸，也不幸。他的人品、操守、性格、责任心、使命感，注定了他要陷入二十二年的悲惨境地。

　　时代造就了他，他也参与造就了时代。他是时代的产儿!

　　以钟老的为人、为文，他的道德、文章，完全有资格进入20世纪中国最优秀的知识分子的行列。

　　应该特别要着重指出的是：他出现在中国电影领域，简直是个奇迹。抗战时期他根本看不上电影，解放战争时期也只偶然看到电影。1949年才进入电影领域。在短短的一两年间，钟惦棐以他非凡的聪明才智和出奇的勤奋好学，迅速取得卓越成就，崭露头角。1979年复出后，他又做出了新的、重要的贡献，进而成为电影评论界的一面鲜亮的旗帜，无可争议的领军人物。他的声誉与影响，不只传播整个文艺界，甚至波及中国文化界。

他在文艺评论，尤其是电影美学、评论方面的重大成就，独树一帜，首屈一指。他身后留下的空白，至今还没人能够填补。

今天，回顾1979年至1980年，我怕是和钟惦棐先生交往最多、相交最深，因而也是受益最大的人了。他对我推心置腹，无话不谈，倾其所有，言传身教。作为前辈长者，钟老对我这个求教的后生小子，给了他所能给我的一切：无比亲切的关怀，满腔热情的鼓舞，深入细致的教诲，力所能及的帮助。

他从不吝惜对我的表扬，也决不放弃对我的批评！

这是我的幸运，更是我的荣幸，是我一生受用不尽的、宝贵的财富。

就在钟老逝世后半年，遵循他"一定要写别人想不到的""要在生活的基础上虚构，不能在虚构的基础上虚构"的教导，我写了一个爱国、爱宝的古董商与封建军阀、官僚、奸商进行奇特、巧妙、勇敢斗争的电影剧本，先后得到北影王陶瑞同志和上影文学部同志的批评指教，几经修改，搬上银幕。

当时，多么希望钟老能像读《新春风景》那样读到它，给我以批评教导啊！

然而，这是不可能的了。

影片拍成上映，才发现从剧名到内容，被导演改得面目全非，化新奇为陈旧，完全失去了剧本原有的个性、风格与特色，淹没在大同小异、似曾相识的武打片的汪洋大海里。

当时，又多么希望钟老能看到它，从而不只为我，更为这种不正常的编导关系和创作状况抗争、呼号啊！

显然，这是不可能的了。

以后重新振作精神，以该剧原作为基点，充实内容，丰富人物，深化主题，写出了一部五十万字的长篇小说《金鬼才》。著名文学评论家何西来先生誉为："这部小说是当代第一部以古董商人、文物工作者为题材的长篇，""作者以敏锐的观察力把握了这一题材，又以自己几十年在文物部门工作的经历为后盾，写来自然得心应手、左右逢源、引人入胜。"当时，深信钟老读到它，定会感到高兴，而且非常乐意为它作序的。

遗憾的是，这也是不可能的了。

他要能多活三年、五年、十年、二十年，该多好啊！

即便多活二十年，活到今天，他也才八十八岁。如今，活到这个岁数依然健在的人并不罕见。命运对他为什么总是这么苛刻、不公平呢？

先生之风，山高水长。

面对当前电影界的种种现象，问题，困惑，疑虑，总有人不时发出这样的声音："现在我们想念钟惦棐同志！""钟惦棐要在，会说什么？"

这是他独享的殊荣，不是随便什么人都能得到的。

我当继续努力，竭尽心智，真正写出尽可能好些、多些的作品，无愧于这个伟大的时代，不负恩师钟惦棐先生的厚爱与厚望！

2000年5月于西安
2007年9月再整理

附录

如今缺少钟惦棐
——关于恩师的杂记

两件小事

前两年,我带上一册新出版的《钟惦棐谈话录》,送给我大学的一位老同学。他的外甥,一个高大、纯朴的80后小伙子也在座,一看书名,两眼圆睁,惊奇地问我:"你还认识钟惦棐?"

我反射般两眼圆睁,比他还要惊奇,忙问:"你怎么知道钟惦棐?"

他说,他是某大学中文系学生,学《中国当代文学史》时,老师讲过1957年相关的历史,《电影的锣鼓》作为指定的课外必读文选,也读过。

原来如此!只要是大学中文系学生,我想,必然如此!

他意外碰到一个认识他仰慕已久的人,并录下其谈话的我,哪能轻易放过?连珠炮似的抛出一连串的问题:钟惦棐是个怎么样的人?什么样的个性、爱好?和你谈过些什么话?你是怎么评价他的?等等。那神情、语态,不亚于现今那些

80后、90后以及00后们狂热追捧自己崇拜的影星、歌星和球星。

当然,这只是件生活中偶遇的小事,按说不足挂齿。但对今天的电影评论家来说,准会受到鼓舞的。

不禁让我想起多年前,20世纪90年代末,亲眼得见的另一桩小得不能再小的事。

我所在工作单位在西安市南郊的小寨。那时,还没银联卡,退休后每月得去原单位领取一次工资。途经一家书店,随意进去看看,突然眼睛一亮,书架上居然有一套《钟惦棐文集》!忙走近前,进而看清,它已陈旧、灰黑,书页卷角,显然是好些人拿起翻阅,读了其中几篇文章,又将它放回书架的。

一个月后,又去单位领取工资,这次我特意走进这家书店,看看那套《钟惦棐文集》是否还在。老远看到它仍然待在书架上,待走近前,发现它已经破旧不堪,而且脱页,书角几乎卷成一团。可以断定,这三十天里,又不知有多少人拿起翻阅,读过其中几篇文章,再将它放归原处。

我很是惊讶，但也惊喜，现在有了互联网，纸质图书连金庸、古龙的武侠小说，读的人都越来越少了，难得还有人站在书架旁拿起它，读上几篇文章，再放回，下次读。

钟惦棐先生写的东西，大多是电影评论，一般而言，有它的时效性，电影下映，它就过时，何况这还是二三十年前甚至四五十年前的电影评论。它至今还有如此大的关注度、生命力，这可是我所没想到的。联系自身曾经读它的心情和感受，又是可以理解的。

又一个月，去单位领取工资，直奔这家书店，关心、探究那本早已破旧、散页、书角卷成一团的《钟惦棐文集》，现今的状况又会如何？放眼那书架，哎呀！它不在了！四下搜寻店内各个书架，踪迹全无，真不在了！不用细想，准是破旧不堪，断页，没法供人再读，书店把它抛下书架，当成废纸处理了！

我默然低头走出书店，心里说不出有多么失落、难过。好一会儿，猛醒，后悔莫及：上个月最后见它的时候，就该把它买下来，寄赠中国电影博物馆,作为珍贵文物收藏。今后恩师诞辰和逝世若干年纪念的时候,公开展览。那将是一件多么有意义、有价值的事啊!

恩师是周扬

1937年,日寇发动"七七事变",中国人民全面抗战开始。

全国各地千千万万的热血青年,奔赴革命圣地延安,投入抗战的洪流。其中就有时年18岁的四川江津人钟惦棐,进入抗日军政大学学习。

次年,又以他从小受到的家庭熏陶、个人爱好与特长,考入才成立的鲁艺美术系,一年后毕业留校当了教师。周扬一直都是院长。两人相识、相知,有了师生之谊。在周的眼里,钟品格端方,少年才俊,可以大用。

不久,服从革命大局与战争形势的需要,钟惦棐去了敌后。待他俩师生重逢,当年这个稚气未脱的小伙子,经历了抗日战争、解放战争炮火、硝烟的洗礼,已经锻炼成长为一位忠诚的共产党人,充满朝气和聪明才智的文艺战士。

新中国成立之初,周扬将钟惦棐安排在自己

当着文化部常务副部长的艺术局。周兼任中宣部副部长后，又将钟调去才组建的电影处，一路提携，委以重任。1951年毛泽东指示成立武训调查组，去山东武的家乡调查。周又指派钟代表中宣部，成为中央三人小组之一（另二人是江青和代表《人民日报》的诗人袁水拍）。

钟惦棐在中宣部电影处，名义上只是处里的一个专职干部，但在当时中国文艺战线的电影这个分支领域，实际上却是个颇具分量的人物。

听北影的老同志谈及，"文革"前北影厂长田方曾求见周扬，要求辞去厂长职务，专心只做自己所喜爱的演员。钟惦棐代周接待，热情鼓舞，党正需要他这样的内行领导，也不妨碍他演戏。田方愉快地听从了他的开导、勉励，一直把厂长做到"文革"开始。

可叹世事难料，《电影的锣鼓》敲起，霹雳一声震天响，钟惦棐做梦都不敢想象，冷不防从云端跌落泥潭，真是冰火两重天！

钟夫人张子芳女士曾感慨回忆，以前他俩有时一道去看望周扬，和周夫妇相谈甚欢，亲如家人。

到了1979年，中央准备召开全国第四次文代会，照例要有一篇周扬的总报告。起草小组数易其稿，都通不过。又是周扬，想到钟惦棐，点名要他接手重改、定稿。那些天，钟老总是骑着一辆破旧的自行车，早出晚归，来去匆匆。

得知他是为此奔忙，我不禁说了声："敢找你改，说明现在思想真解放了。"

钟老抚今追昔，感慨万千。

大约是1980年春末夏初，我去医院看望钟惦棐先生，顺便谈起青艺一个年轻女演员和一个有妇之夫的男演员搞在一起，闹得乌烟瘴气。钟老摇着头，忽然想到一件事，便笑着说："那还是延安时期，周扬有次对演员讲话：'拜托各位，生活里少点戏剧，戏剧里多点生活。'"

这是周扬的幽默，高级的幽默！看来，这位中国文艺战线的主帅、掌门人，也不是成天板起面孔示人的。

亦师亦友陈荒煤

  远在 1938 年,钟惦棐是鲁艺学生的时候,陈荒煤已是小有名气的作家和鲁艺文学系教师。一年后钟毕业留校也当了教师,两人成了同事。不久又天各一方,难有来往。待重逢,陈是文化部电影局局长,钟为中宣部电影处实际负责人,于公于私,交往频密。然而彼此的艺术观念,时有分歧。钟自有一套,陈不能接受。一次两人又起争执,陈愤然质疑:"这是你的看法,还是中宣部的看法?"

  1962 年钟惦棐摘掉"右派"帽子后,去看业内一部电影,过去熟悉的人都对他冷眼相看,甚至拒绝和他握手。钟心情沮丧,退出放映间,在门口遇见陈荒煤,陈问:"老钟,怎么不看呀?"钟如实回答:"同志们不理我!"陈二话没说,拉上他重返放映间,并让钟和自己坐在一起,引发场上一次不大不小的"地震"。到了"文革",

铁板钉钉，这成了陈庇护、讨好电影界头号"右派分子"的一大罪状。

1987年春，钟惦棐先生过世后，陈荒煤在《人民日报》发表了一篇悼念文章，谈到他"文革"后期获得"解放"，恢复工作，改任中国科学院社科学部（现中国社科院）文学研究所所长，钟惦棐找上门来，说："投靠你来了！"陈慨然允诺，很快将钟从中央音乐学院调来。

我只见过陈荒煤两次。如之前所记的头一次，彼此只说了一句话。但忘了记下一个细节：陈、钟从民族文化宫一路深谈，东行至首都电影院，陈发现过了钟回家的路口，转身将钟送回西单，待钟跨过西长安街，往南朝宣武门方向走去，才转身缓缓消失在浓重的夜色里。

钟惦棐有一次对我郑重其事地说起："荒煤同志提出电影剧本要有适当的文学描写。"此时，他面对的只是我一人，按说没有必要如此庄严地在"荒煤"两字后再缀上"同志"二字，他却自然而然地缀上了，看那神态、语气，对陈是充满尊敬和爱戴之情的。

然而他们在具体事件上，艺术观念的分歧还是存在的，而且是公开的，但也是坦诚的。集中表现在对待当时引起热议的电影剧本《女贼》的看法上。

该剧写了一个良家少女，遭受种种不公平的打击、迫害，沦落为小偷的故事。钟惦棐认为这是社会现实，应该反映，有着警世作用，是现实主义力量的表现。陈荒煤针锋相对，断然反对。在北影电影编剧学习班上，我第二次见到的这位温文尔雅的长者，主动提起《女贼》，并颇为愤然，说："怎么能让这类作品搬上我们的银幕呢？钟惦棐要帮作者修改，看他怎么改去！"

尽管陈、钟观点尖锐对立，互不妥协。但两人始终情深谊长，彼此珍重，直至先后离开人世。

难能可贵的是，作为上级领导的陈荒煤，既坚守自己的立场，又尊重不同意见的表达，宽宏大度，虚怀若谷，有容人的雅量。因而斯人虽已故去多年，至今依然赢得中国电影人由衷的赞誉和敬仰！

文风大变，忧患深广

可以设想：一位博士生导师，为学生的毕业论文拟定题目，只要是写钟惦棐的，无论宏观如《钟惦棐的电影美学思想》，微观如《钟惦棐与'离婚'论》；还是电影本体如《钟惦棐的电影观》，电影客体如《钟惦棐与观众学》，当开列必读书目与参考文选的时候，可就犯难了——没法从钟的作品中，挑选哪些篇章是必读的，哪些篇章是可参考的。因为从《钟惦棐文集》目录或题目查找，很难做出选择。原因只有一个：许许多多篇章，"文不对题！"按说这是个公认的贬义词，对它更形象的说法是："下笔千言，离题万里。"这位博导只好唉声叹气地叮嘱学生："你通读《钟惦棐文集》吧！"

这是个有趣的现象，而且还是构成钟氏文风独特的一个重要的方面。

他的文章，可不是从来就是这个样子的。读

《陆沉集》，1957年以前写的东西，如第一篇《评〈中华女儿〉》，只谈《中华女儿》，决不涉及其他；《电影〈龙须沟〉在艺术描写上的一个问题》，只说那一个问题；连续三篇论《董存瑞》，也是紧紧围绕此片的思想、艺术成就着笔，别的一概免谈。总之，简明，单纯，要言不烦，秉笔直书，内容与题目丝丝入扣，紧贴主题；篇与篇之间因题目和内容的不同而泾渭分明、互不搭界。但整个文笔、格调，则相当整齐、一致：清新、明快。真像那些年常唱的一句歌词："解放区的天，是明朗的天！"

有道是"士别三日，当刮目相看。"何况士别二十二年！

1979年钟惦棐复出后的文章，可就大大不同了。开篇之作《布莱希特〈伽俐略传〉随想》，从伽利略的伟大科学成就，却为世俗以至亲友所不容，深长叹息这位旷世奇才，一生坎坷，多灾多难，晚境凄凉！这已不只是谈话剧《伽利略传》，而是自然联想、发散思维、言简意赅地勾勒出了一部千百年来中国知识分子的辛酸史！

鲁迅的杂文多有此"文不对题"之作。钟惦棐熟读鲁迅,他是学鲁迅的。先别说《电影文学断想》也可题名《电影美学断想》,《谢晋电影十思》也可题名《中国电影十思》,随手在《钟惦棐文集》里翻开一篇不算名篇的《电影形式和电影民族形式》,就我所能,稍做剖析,或许可见一斑。

此文开宗明义,简要点题:"与形式有关的问题,我是从三个方面去理解的。这就是电影的特性和取材的角度或反映现实生活的角度,以及技巧即通常说的语法修辞。"

在比较了话剧、音乐与电影民族化的异同后,得出"电影作为反映客观物象的手段,竟能达到和每每超过一般人的视觉能力,因此,它的主要手段——形象,不需要解释,只要电影艺术家们所显示的生活是真实的,它——电影自然就是民族的。"

随后,突然抛出一句:"不能按老方法回答问题:内容决定形式。"这可是千百年来的金科玉律呀!怎么是"老方法"呢?以他早年创作美术和歌词的经验,"我是想说,艺术在一般情况下，内容和形式是同时存在于艺术家的胸臆之中的。"他对那个千古不易的定律，提出质疑了！

下一段论述，显然"离题"了："我以为在电影领域中提出电影的好坏，取决于它体现'文学价值'多少的命题，是既无益于改进中国电影的实际，又是在艺术门类学上大有待于商榷的。"此说其实是在更高层面的切题，为维护电影的独立性、"纯正性"，挺身而出，仗义执言。而且这番话还别有深意在焉：直接冲着另一位大师张骏祥此前发表的一篇重要文章《用电影表现手段完成的文学》而来。为此引发了一番至今三十余年余波未息的争议（暂且按下不表）。

此时，钟惦棐越发不满足于就形式谈形式了。由此触发记忆和联想，缅怀起十年浩劫中逝去的大导演郑君里来了："如果有人问起我们三十年中，电影艺术家们的思想改造有什么积极的成果，那就先请他看看《枯木逢春》！作为一个电影艺术家如何去看待他对党的忠诚，离开他的心血所寄，还有什么更能说明问题的尺度呢？"

读者受到感动、感染，也会随同思考：可不

是,"还有什么更能说明问题的尺度呢?"

钟惦棐笔锋一转,又回到"形式"这个题目上来,"电影作为艺术,不研究形式是不行的。把形式加以割裂,说它只能反映什么生活,不能反映什么生活,这也是不行的。这样,不仅把事情绝对化,而且容易流为无稽之谈。"

天马行空,谁会想到钟惦棐紧跟着会讨论起纯属文学上的那个从陕北黄土高原上唱响的"蓝格茵茵的天"和西方欧美世界传入的"蔚蓝色的天空"两个词儿来呢?孰优,孰劣?他可不薄"土产"爱"洋货",是中外通吃。读者读了,不是会觉着如同吸收了一口新鲜空气,顿觉清爽,会心地一笑么?!

不久,他回首再谈"形式",谈着谈着,忍不住却对主管领导提出了严肃的批评:"把为数已经少得可怜的电影资料封锁起来,结果只能使自己愚昧。"因此积极建议:"应由领导责令多看一些对某一创作有参考价值的作品,不是用种种办法限制大家看电影,而是看多了有奖——予电影文化的饕餮者以'物质刺激'。"

文思忽又跳腾、飞跃，语出惊人："至于说中国电影的前景，我以为最主要的还是八亿农民。"抚今追昔，感慨万千，壮怀激烈，"三十年中究竟是谁忘记了农民兄弟？是谁对于革命共患难的农民兄弟作了不切实际的估计？是谁借他们之名打了老革命许多板子？而他们的心始终没有忘记这些老革命。"

南宋爱国主义诗人陆游，以诗教儿："汝果欲学诗，功夫在诗外。"不是从延安走出来，穿过炮火硝烟，走到了北京的人，钟惦棐能怀有如此炽热的情感和忧愤深广的意识，发出这样痛切、深切的慨叹么？

待我们回过神来，不禁又要为之诧异，讶然，这文章的题目是《电影形式和电影民族形式》呀！

别急，他并没走远，一转身，再把话题落实在了"形式"上："以为一旦有了题材内容，便自然有了形式。这使许多同志积累了很丰富的生活，却长期写不出作品来。"这又是他自己的创作经验和对艺术规律的深刻了解。

"中国电影当前主要的弊端是生活的真实性

与表演的真实性不足以赢得观众的信服，而不是由于运用了某些外来的形式甚至技巧。"最终回到了正题，落实在对形式的深透认识和警示人们：千万别把形式与"形式主义"混为一谈，那是有本质区别的。

不待读完全文，人们突然发现，钟惦棐1979年以后的文章，和1957年以前所作的就事论事、直来直去、心无旁骛、直奔主题不同，它往往前言不搭后语，甚至前后倒置，貌似不合逻辑；"借题发挥"，四面出击，瞬息万变，荡气回肠；让人眼花缭乱，应接不暇，难于捕捉、搜寻它的要点，主旨；一不留神，就会忽略、错过他那简要、精辟、厚重、深沉、富含哲理的名言、警句；必须再读，三读，好不容易才能逮住他那转瞬即逝的"微言大义"。

拥有如此功力，达到如此境界，可不是一天就能学成、练就的。君不见此人当年朝为最高领袖座上客，夕作千夫所指阶下囚。打入深渊，万劫不复。岁月悠悠，二十二载。饱尝人情冷暖，历尽世态炎凉，读遍生活这本大书。所幸艰难困苦，玉汝于成。世事洞明皆学问，人情练达是文章。待到风雨过后见彩虹，精神振奋，才情勃发，以人民的喜怒哀乐作基准，心思浩茫连广宇，想象如同脱缰的野马，日行千里，夜行八百，纵横驰骋。闪烁着生活经验、人生智慧的光芒，彰显世人罕见的老辣、睿智、沉重和幽默。

要说钟惦棐1957年以前的文章，是高扬起头，笑看生活；那1979年以后的作品，可就是紧锁眉尖、咀嚼人生了！因此，仅仅以电影评论的规格、常态读他的文章，往往会觉着庞杂、散乱，如同老虎吃天，没处下爪。若是预先做好这样的精神准备：它是扎根于电影艺术，又以之为由头，写的是社会、历史、文化评论，就不会头晕目眩，找不着北了。

哦！想起了，他那篇《影评三要》的第二"要"，不就是"七分文化，三分电影"么？！原来这就是他1979年以后所作的源点与落点。为此，他寻找到了最好的老师鲁迅。

对了，钟惦棐是伟大鲁迅最忠实的学生，他是把电影评论当杂文来写的。

不忘农村，感念农民

20世纪的华夏大地，在中国共产党的领导下，"武装的革命反对武装的反革命"，紧紧地依靠那"小米加步枪"，农村包围城市，最后夺取城市，取得中国革命的伟大胜利。

"小米"，是农民辛勤劳作，从地里长出来的。

"步枪"，是握在农民手里，把子弹射出去的。

不言自明，如果没有他们，就不可能有1949年10月1日，天安门城楼上的开国大典。

钟惦棐在遭受二十二年厄运后复出的第一批文章里，有一篇明明写的是《电影形式和电影民族形式》，突然笔锋一转，慷慨悲歌："三十年中究竟是谁忘记了农民兄弟？是谁于对革命共患难的农民兄弟作了不切实际的估计？是谁借他们之名打了老革命许多板子？而他们的心始终没有忘记这些老革命。"

即便今天读它的人们，也许都要为之愕然、茫然，不得其解，忍不住要问：您老是何用意，何至于如此呀？

作为正在他门下学做人、做文的小子如我，却明白、知晓，这可是他久久郁结于心、义愤不平、喷薄而出的深沉倾诉和痛切呼号啊！

钟惦棐是从写在前面的那句话："至于说中国电影的前景，我以为最主要的还是八亿农民。"而引发的。

在此前的二十二年中，尽管身处逆境，他总是满怀深情地遥望贫穷、落后的农村，牵挂着多灾、多难的农民。

——我们的文艺，特别是电影，这个大众化的艺术，该为谁写？写什么？怎么写？他一次、再次、多次教导我的，主要也就是这个。

岁月流逝，记忆犹新，历历在目，岂敢遗忘？！

1979年12月22日：

钟老显出几分忧虑，冲口而出："现在写干

部、知识分子的太多了，写工农的太少。要有这方面的作品，写农村的新气象。"

1980年1月15日：

钟老又急切地表露："工农题材要重视起来。

"几十年的农村、阶级政策、工业政策，积乱如麻，一下马，要变过来，九亿人口的国家，真不容易！我们该传达出一定的信息嘛！"

1980年2月8日：

钟老神色严峻起来，说："农村三十年，苦了农民，不变不得了！若不是中央两个文件，非出大乱子不可！"

他对李准长期待在北京不下去，很有意见，认为："他不接受《大河奔流》的教训！"对张弦老写知识分子，认为："是不良倾向！还是要面对我们最广大的人民群众。"

1980年2月20日：

使我感奋的是，钟老还说："现在写知识分

子的戏多了,还是要写工农,特别是写农民。要写出农民的心灵之美、人情之美来!"

1980年4月21日:

钟老热切关心并鼓励我说:"我希望你还是到农村去,实打实,写农村新气象的东西。我拟给北影文学部主任写封信,借调你到农村去。"

我当即表示:"那正是我所希望的,争取尽快到农村去。关中、陕南的平川、山区我都去过,自信是能吃苦的。"

1980年4月24日:

钟老郑重谈道:"我给胡海珠写了信,建议你到农村去,写农村新面貌,以特约编剧的名义下去。"

他又说:"现在电影里知识分子太多了,把农民都忘了,我一看就厌烦!"

他还说:"我去年年底在影协书记处会议上提过这个问题。现在着手抓农村题材,都有些晚了!"

后来，北影王陶瑞同志告诉我：文学部主任读了钟老的信，认为请创作假不可能。

1980年6月24日：
钟老赞赏作家李国文的小说《月食》："揭示了进城后脱离群众的问题，就比一般写'右派'的作品深多了。"

1980年8月14日：
钟老惋惜我没有及时去农村，说："否则已经出东西了。今天农村的大变化，是惊天动地的变化，是用血泪换来的！"

仅就上举《钟惦棐谈话录》中的这些简略的记述，当今和以后的读者，都不能不为之感动、感慨和感叹：此老对中国农村、农民，饱含着何等深厚、浓烈、滚烫的感情啊！

这样的感情又是从何而来的呢？

说来话长。钟惦棐在漫长、艰苦的抗日战争、解放战争时期，一直生活、战斗在山西、河北等偏远贫困的山区和平川农村，过着仅堪温饱、半饥不饱和夜晚点菜油灯（有时甚至无油可用）的日子，与农民同甘苦、共患难、担风险，摸、爬、滚、打在一起，经受着身心的磨炼与考验，和农民有了生死同心、血肉相连的意志和情感。农民的纯朴、善良、勤劳、坚韧，他们赤诚、热情、坚决地拥护共产党，支持八路军，英勇、顽强地抗击日寇、打倒国民党反动派、解放全中国，钟惦棐感同身受，刻骨铭心，终生难忘！

——这一切，教育着他，激励、鼓舞着他，从同情、怜悯农民的贫穷、苦难，到升华为对他们的尊敬、感恩，下定决心，要竭尽所能回报他们对革命的无私奉献、对自己的无私给予！

就凭这样坚定的信念，明确的目标，勇敢的追求，钟惦棐深感重任在肩，义无反顾地敲响了那一通"电影的锣鼓"。可叹事与愿违，被当头一棒，打入深渊！

春秋战国 500 年间，有过伍子胥过昭关，一夜白头的故事。2000 多年后的钟惦棐，心力交瘁，身染重病，顿生一头白发，如霜似雪！

悠悠岁月，经历二十二年难以忍受的屈辱、折磨，他终于迎来云开日出的好时光。既然能够重新做人，理该振奋精神，为我多灾多难的农民兄弟对美好生活的向往，献出自己最后的、全部的光与热！

"我泱泱中华，人口众多，独步世界。其中百分之九十在农村，是农民。作为中国人，不努力想着为他们做点什么，生活还有什么意义？人生还有多大价值呀？！"——我深信，这就是不幸过早离世的钟惦棐，真诚的告白！

言必称"电影美学"!

光阴似箭,斗转星移,1979年钟惦棐复出后最初发表的一批文章里,赫然有一篇《中国电影艺术必须解决的一个新课题:电影美学》。

在1979年至1980年我求教钟惦棐先生的两年时间里,只要提到电影,他最后几乎总忘不了要带上这样的话:"电影要搞上去,还有个美学问题。""许多问题都出在电影美学上。""还是个电影美学问题。"等等。他都成祥林嫂了!

我见怪不怪。为的是,没有电影美学,就没有电影。一个人只要有生活、有才华,想写小说就能写成小说,想写散文就能写成散文,而且质量也不会有多差。但他要想写电影剧本,在大多数的情况下,对不起,别指望就能写成一个可供拍摄的电影剧本,不仅是质量高下的问题,而是根本就不能称其为电影剧本,只不过是一堆废纸罢了!

在此,起决定作用的,不是内容,而是形

式,即钟惦棐念兹在兹的电影美学。千古不易的金科玉律:内容决定形式,先有内容、后有形式之类的说法,在这里,是不适用的,行不通的。

因为,电影剧本,它不同于小说、散文等文学。后者为语言艺术,读者从众多抽象的文字符号组合的一系列有机排列的概念,再联系、联想到具体的人、事与景、物。而前者,则排除、摒弃一切中介,直接将具体的、活生生的人、事与景、物,毫无遮拦地呈现在观者面前。

其实写电影剧本,是要有特异之才的。它不必像写小说那样,用综述、分析、评价、心理描写等多种多样的手段塑造人物、展现情节、昭示主题;而是径直就写人物的动作、表情和话语,自然而然达到塑造人物、展现情节、昭示主题的目的。这也是一种特殊的本事,同样需要生活和才华的。

比如,诺贝尔文学奖得主、小说家海明威等美国现当代作家,最初都曾风风光光驾临好莱坞,随后又灰溜溜逃离好莱坞,究其原委,几乎一无例外,都是过不了电影美学这一关。

大文豪郭沫若也写过电影剧本，题材内容还是他的强项——历史剧《郑成功》，以他那么高的声望、地位，还是没能将自己的作品搬上银幕，何尝不是受阻于电影美学？！

这可不只是特例、个案。

小说、散文是读的，电影是看的。名气再大的作家，都很难既可以用语言文字描绘人生百态，又能诉诸观众的感官，将真切、鲜活的人、事、景、物展现眼前。两种不同的艺术表现方式，不仅要有作家个人双倍的生活积累，还要在写小说时不受写电影剧本时的思维定式的干扰，写电影剧本时不受写小说时的思维定式的拖累。

再做深究，情况还要复杂些。任何艺术门类，都有个美学问题。但文学评论家极少提及"小说美学""散文美学""诗歌美学"，音乐评论家绝少提及"音乐美学"，美术评论家也很少提及"美术美学"，为什么唯独电影，评论家如钟惦棐，却"美学"二字不离口，津津乐道呢？为的是，艺术家要让自己头脑中构想的艺术付诸实践，让自己的读者、观者、听者真正能读到、看到、听到，必须掌握和运用具体、现实的工具，呈现、表现出来，如：歌唱家是自己的声音，舞蹈家是自己的肢体，文学家是语言文字，美术家是纸、笔、画布、墨与颜料。所有诸如此类的工具，从这些艺术产生的时刻起，就基本确立，相对固定，千百年来它的美学范畴、性能，大体不变，或变动甚少。电影却与众不同，而且大大不同：它是现代科学技术的产物，最早是无声的、黑白的，二、三十年后创造发明了有声，再二、三十年创造发明了彩色，又二、三十年创造发明了立体、宽银幕，再二、三十年后的今天，已经创造发明了3D技术！每一次新的创造发明，都空前扩大、深化、丰富了它的美学空间，从而提供、促使——甚至可以说"强迫"电影艺术家重新想方设法发挥它的表现能力，千方百计发掘它的潜在能力！泰坦尼克号船头渐渐沉入海底，船尾高高翘起，乘客如同被狂风扫落叶般纷纷滚跌下海，撕心裂肺的哀号，构成一幅触目惊心的惨象。但银幕前的观众却心知肚明，其中没有一个是真的人，而是3D技术合成的"人"。电脑制作出来的虚拟世界！

——我当时突发奇想，恩师钟惦棐先生要能亲眼得见，会多么为他对电影美学的关注、看重、倡导，而感奋、自豪啊！

顺便说到，被视为世界电影美学皇皇巨著的《电影的本性》，它的副题"物质现实的复原"，显然是陈旧、过时了。我们为作者克拉考尔感到深深地悲哀，但为电影，则要欢呼鼓掌的。

钟惦棐对以上论及的这一切，有着非常敏锐、深透的认识和了解，因而比同时代任何一位电影理论家、评论家都要提前也更为热切、强烈、响亮有力地提出了电影美学的问题。

他在那篇有名的《电影文学断想》里，使用了专门的两个词：一是"电影意识"，要用电影的眼光观察生活；一是"电影思维"，凭借电影意识、想象、构思、创作电影。这是电影不同于其他艺术门类的特性与特长之处，也是它赖于产生、存在、发展、繁荣的根基与理由。

毋庸置疑，这也是一代电影美学理论大师钟惦棐晚年最重要的工作：编写一部既有中国特色、又打上了钟氏印记的《电影美学》。天不假年，未能如愿。我们不仅哀悼钟老的过早辞世，也为中国电影而深长地叹息！

"离婚"的风波

1979年第一期《电影艺术》杂志,开始了决定中国电影艺术"现代化"的讨论。然而,整个电影界并没有给予多大的关注。尤其是第一线的主创人员,绝大多数导演,还是按照几十年一贯制的传统手法拍着电影。

只有到了1980年初,从正在召开的全国电影创作会议上,传来了钟惦棐先生递交的一张病假条,其中短短的一句话:"挑拨电影与戏剧离婚",石破天惊,引发上自圈内各级领导,下至编、导、演和摄、录、美、服、化、道各路人马,群情激奋,奔走相告,争相传诵,轰动一时!

进而细分,反应则不尽相同:对那些安于现状、故步自封、甚而自我感觉良好的人,击了一猛掌,大为震惊,原来自己早已落后于时代,有愧于这个最富于变化、更新的艺术;但对那些早已反感、嫌厌电影制作上沿袭多年的旧观念、旧手法，却又四顾茫然，不知"突破口"在何方的人，顿时豁然开朗，心明眼亮，长长舒了一口气，含笑感叹："原来该死的病，害在这儿呀！"

其实电影与中国古老的戏曲、民国以后的文明戏、话剧那剪不断理还乱的关系，由来久矣！最初电影得益于这种纠缠不清的关系，将中国人喜闻乐见的看"戏"、听"戏"、"吃故事"（夏衍语）嫁接到电影，使之很快飙升为最受国人喜爱的艺术。一方舞台，几幕几场，戏剧要求浓缩、收得拢的做法，迅速和电影要求放得开的时空，有了矛盾、冲突；尤其是电影随着现代科学技术一波又一波的创造发明，由无声到有声，由黑白到彩色，再由二维到立体，现在更是惊人的电脑特效、3D！二、三十年一大变，其表现力，即美学空间，一次比一次宽泛、丰富、深化。从业者再墨守成规，抱残守缺，想以不变应万变，可就使电影人中的有识之士如钟惦棐这样的人，寝食难安，不可忍受，而又看得分明问题的症结所在，必然要振臂一呼，大声说："不！"了。

一呼百应！中国电影人迅速刮起了一股和戏

剧"离婚"的旋风，而且席卷电视剧圈。从此，国产影视剧，无论内容优劣，质量高低，很快大大削减、降低了戏剧的渗透与影响，电影就是电影，电视剧就是电视剧。再要有人被指认为"你拍的是舞台纪录片"，都会觉着脸上无光，简直是奇耻大辱！

这可是中国电影美学上的一次收效神速的突破，也是钟惦棐电影美学理论的一次成功的实践。三十余年过去，至今电影人都记忆犹新，难以忘怀！

当然，情况还有它的另一面：许多年撮合电影与戏剧"结婚"的人们，一旦被迫"离婚"，总是难舍难分，于心不忍；热心的旁观者们，习惯成自然，眼看它俩"离婚"，也不免有所顾忌和疑虑。"还要不要戏剧性？"待钟惦棐给了肯定的回答，再次表明反对的是"戏剧化"之后，有人或是出于误读、误解，要不就是偷懒、取巧，误打误撞，搞了些无情节、无矛盾冲突、罗列生活表象、人物成了符号的东西。尤其是21世纪初，就是前几年，几位极具票房号召力的大导演，经不起好莱坞大片的诱惑，急于求成，急功近利，照猫画虎，连续抛出几部叫座不叫好、圈内外看了骂、骂了看的国产大片，惹得两位资深、活跃的专家、学者大兴问罪之师，归咎于早已入土为安的钟惦棐，一口咬定就是那句"挑拨电影与戏剧离婚"，害苦了第五代，殃及"六代后"（详见2009年1月1日、3日《中国电影报》）而消除其害之道唯有文学。于是文学，一时俨然成了拯救电影的大救星！

我尊崇文学。几乎从孩童时代，即懂事的时候起，就狼吞虎咽般地在学着文学。深信文学是艺术之母，如同数学是科学之母那样。一个搞音乐、美术、戏剧等其他艺术的人，不学文学，他的音乐、美术、戏剧等其他艺术，也是搞不好的，更别说有所成就了。电影人无疑该学文学，但文学在电影中实际占有的地位，则是另一回事儿了。电影吸纳文学、美术、戏剧、音乐、舞蹈、建筑，形成"新的质"（钟惦棐语）。可见文学到了电影，只是构成六种元素之一，并不享有唯我独尊的待遇。它不是"特殊公民"！

高尔基在《和青年作家谈话》一文里，将"叙述体文学"的要素概括为语言、主题与情节。依靠文字符号组合构成的语言，加入电影后，不复存在；情节"即人物之间的联系、矛盾、同情、反感和一般的相互关系——各种不同性格、典型的成长和构成的历史。"在电影里，就是直接要以人物的言、行、表情、动作活生生呈现在观众面前，从而体察它的意义，也就有了主题。这一切更与文学无关。

大力主张以文学拯救电影的诸公，肯定要说，我们的用意是借用文学的人物、情节、主题，构成电影的要件、必备项目。更大的、致命的问题来了：你生活贫乏，更无对生活的见解，拿什么充实、丰富这些"要件""必备项目"呀？硬要往里拼凑、填充，就只有胡思乱想、生编硬造了！

对了！前些年那几位大导演搞出来的大片，不正好就是如此这般地炮制出来的么？！

终于明白了，追根究底，真正造成电影危机的是主创者们——首先是编剧，其次是导演，再次是演员，脱离生活、向壁虚构、自欺欺人！

科技催生电影，科技促进艺术，由最初的想到做不到、想到少部分做到、想到大部分做到、想到做到，这个无坚不摧、无攻不克的科技巨人，如今发出豪言壮语：只有想不到，没有做不到了！

令人深长叹息的是：眼看有了《泰坦尼克号》，又有了《阿凡达》之后，还在那里视而不见，舍本逐末，认定电影只是作为文学的表现手段，岂不是太小看电影了么？岂不是对电影太不公平了么？这怕不只是一时犯糊涂吧？

——每念及此，我总要背诵起那千古传唱的诗句："不识庐山真面目，只缘身在此山中。"再三为之唏嘘不已！

对视觉艺术的特殊敏感

拜读钟惦棐先生1957年以前文章的汇编《陆沉集》，令人颇为诧异的是，他的前五篇文章，只有两篇是电影评论，而三篇则是美术评论。前不久，偶读一位美术界资深评论家的文章，他深情怀念的也是20世纪50年代初的可尊敬的前辈——美术评论家钟惦棐！

对钟惦棐其人的履历稍加考察，原来1938年他在革命圣地延安，就是鲁艺美术系的学生，毕业后留校当了美术系的教师。不久去了敌后，成为边区文工团的领导，各地巡回演出，画布景、海报，搞的还是老本行，自己的特长——美术。

再往前追溯，原来钟惦棐参加革命前是一个银匠的儿子。

自古以来，中国大小城镇的金店、银楼的匠人，其中出类拔萃者，都是杰出的民间工艺美术家。他们打造、雕镂的各类金、银首饰：簪、钗、环、项链、戒指、手镯等，造型各异，花纹繁多，金光灿烂，银辉闪烁，一件件都是艺术精品。联想到20世纪80年代陕西扶风法门寺地宫出土的唐代金银器，更是举世为之惊叹的奇珍异宝！

　　家学渊源，耳濡目染，赏心悦目。对钟惦棐来说，打小从父亲那里，自然而然，不知不觉，练就了一双欣赏金银器的眼光，进而描画、绘制它们，顺理成章，跨进了美术的门槛。

　　一张张静止的图画，只要活动起来，就有了电影的本性、特质、基本的雏形。好莱坞众多超级英雄大片，如《超人》《蝙蝠侠》《蜘蛛侠》《钢铁侠》《绿巨人》等，他们的原创，不就是来自漫画么！

　　美术的近亲、紧邻，正是电影。钟惦棐作为银匠的儿子、美术系学生、教师、美术评论家而成为电影评论家，只不过是略一转身，向前跨出了一步。

　　也许钟惦棐自己都没意识到，他的改行搞电影，有了别的电影评论家所没有的优势：对美术的喜爱、素养、功底转移到了电影，还有从美术那里学到的观察力、鉴赏力和分析、判断力，使之对同样是视觉艺术的电影，其认识与理解不仅明晰、到位，而且异乎寻常的深刻、透彻。

据我所知，20世纪50年代，学贯中西、能导又能编的张骏祥大师，写了一本风行圈内外的启蒙读物《关于电影的特殊表现手段》，抓住了电影与其他艺术门类最大的不同处在于蒙太奇，时空自由。此时的钟惦棐，则不满足于仅仅以"表现手段"一词，来标识、概括、规范电影之所以为电影。他确信，作为第七艺术，它的与众不同处，远比"表现手段"这样的说法，要广泛、丰富、深邃多了！他在1956年第一期《中国电影》杂志发表《共同努力，提高电影文化水平》一文，提出了"我们要求关于美学的基本知识，也要求在这方面就某些问题做深入研究的著作。"显然，"美学"一词，比"表现手段"，更为准确地表达、完整地体现了电影艺术的本质、特征，而且真切传递出了电影艺术的创作规律。

以后证实，在因《电影的锣鼓》罹难前夕，钟惦棐就想写这个"深入研究的著作"，编著《电影美学》这本大书。

　　因此，二十多年后，当张大师沿袭他的"表现手段"的基本理念，写出又一篇长文《用电影手段表现的文学》，必然要受到钟惦棐的率先反对："我以为在电影领域中提出电影的好坏，取决于它体现'文学价值多少'的命题，是既无益于改进中国电影的实际，又是在艺术门类学上大有待于商榷的。"（《电影形式与电影民族形式》）

　　在我向钟惦棐先生求教的两年间，记忆所及，只要谈到电影，它的形式，总是听到他响亮而亲切地称之为"电影美学"，绝口不说"表现手段"，似乎那么说，有损于电影的神圣与尊严！

　　就钟惦棐而言，正是由于他对美术与电影之类视觉艺术的特殊敏感，对他们的特性、特长和创作规律的深透认识与了解，先后由他挑起的"离婚"说、拍"自己的西部片"说引起的热烈争议，甚至遭到强烈的反对，随着时间的推移，最终实践证明，他总是立于不败之地。这既有来自银匠父亲的遗传基因，当然更有他与生俱来的好学和深思。因此,他的成就与建树,远远超过同辈、同时代的电影理论家、评论家,也就不足为奇了。

为何要读《资治通鉴》?

《资治通鉴》是北宋皇帝"鉴于往事,有资于治道"(宋神宗语),着令当时的文坛泰斗司马光编撰的一部从东周至后周1360余年间的朝代兴衰更迭、人事沧桑的皇皇巨著。此书卷帙浩繁,正文加上注释,达600万字之多,是我国重要的历史文化典籍。

这些年就我所见,毛泽东身边工作人员写的两本书《毛主席的读书生活》和《毛主席学国学》,提供了迄今最准确、最权威的信息:毛泽东从十九岁读通《资治通鉴》起,终其一生,共读了十七遍。

1950年毛泽东访问苏联回国,途经哈尔滨住了一晚,因此当地政府将其住处开辟为"毛主席纪念馆",对外开放。1990年我因公出差到哈尔滨,特去该馆参观,发现卧室的大床上,赫然摆放着一套《资治通鉴》!可见他不只在国内视察,即便出国访问，也都是带着它的。同行的单位领导，也是我大学历史系的同学，感叹："老人家读《资治通鉴》，比我们这些搞专业的人，读得还要认真、仔细！"

毛泽东读《资治通鉴》，的确获益良多。如他在20世纪20年代土地革命期间，提出的一个著名的观点："枪杆子里面出政权。"几乎可以断定，就是读《资治通鉴》的心得体会和经验总结。该书主要是写了政治与军事，甚少经济，更少文化；改朝换代的章节，军事的分量还超过政治。得其精髓，灵活运用，几经艰难曲折，最终取得革命胜利：新中国是打出来的！

2007年春在北京举行的"钟惦棐逝世20周年学术研讨会"上，听一位第四代导演发言，钟老曾建议他们读《资治通鉴》。我为之愕然，吃惊！这是怎么回事？当年钟老那轻蔑、厌恶的神态、语调，还在我眼前晃动、耳边回响。那会儿我可没神经错乱，不至于看错、听错呀！一年以后，读到仲呈祥先生大作《千古文章，一生磊落》，坦露钟老曾语重心长告之，其学识，相当重要的部分，得益于两部书：一是恩格斯的《反杜林论》，一是司马光的《资治通鉴》，"后者给他以历史启迪。"深长思之，终于省悟，钟惦棐先生寄希望于第四代导演的是他们读了《资治通鉴》，获得历史启迪。

　　历史往往有惊人的相似之处。以史为鉴，宏观看历史，"世界潮流，浩浩荡荡，顺之者昌，逆之者亡。"（孙中山语）从人类社会发展的基本走向，时代的大潮中，选择、找寻、摆正、确立自己的位置，发挥自己或大或小的作用；微观看历史，从前人的功过是非、成败得失，总结经验，吸取教训，用以为人处世，知人论世，修身养性，提高个人的品德与能力。这就是历史学之所以存在的根基与功能。因此，古今学者不约而同，达成共识："读史可以明智"。"前事不忘，后事之师。"

　　就此而言，《资治通鉴》确有它存在的意义与价值的。

　　司马光是个封建皇权的卫道士。他秉承唯心史观，将历史视同帝王将相的家谱，眼里没有黎民百姓。这是阶级的偏见，也有时代的局限。今天的我们，可以批判，不必苛求。而且我们理应相信，他主观上还是尽量做到不带个人好恶，不受情绪干扰，相当严肃、真诚，尽可能"客观""公正"。应该承认，此人颇有史德。

历来修史，有着两种截然相反的态度与方法：一是"以论带史"，大体相当前不久江青者流的"主题先行"，割裂历史的完整性和有机联系，扭曲、伪造史实，用以印证自己的观点，历史成了一个可以任人随意装饰打扮的女孩子；一是"论从史出"，以确曾发生、存在过的大量史料为依据，评事论人。也许他得出的结论是错误的，但史料本身是真实可信的。你尽可以据此做出自己不同的、甚至相反的结论嘛！

司马光基本上属于后者。因为他深知不这样做，不仅有损个人的史德，严重的是不能提供皇帝"资治"，适得其反"资"不治，添乱！

还值得称道的是，《资治通鉴》文风质朴，行文严谨，文笔简练，几乎到了不能增减一字、一句的地步。虽是文言，却不难读。第四代导演要读,电影理论家、评论家当然更要读了。或许不必通读,哪怕读它百分之一、二、三、四、五,五六万至二三十万字也好呀!

——钟惦棐先生是否就有这样的意思?我想一定有的,应该有的。

钟老用心良苦!

高频词儿——生活!

我登门求教钟惦棐先生,是学写剧本的,先话剧,后电影。他可不像通常影视艺术院校教师在课堂上对学生讲《戏剧作法》《电影剧作艺术》那样,条分缕析,什么开头、结尾、矛盾、冲突、高潮、转折、突变,等等,他是一反常态,别开生面,一个词,两个字,冲口而出:"生活!"或直接点明:"你的生活领域里,有这样的人物吗?""没有生活里其他的东西,使它丰富起来。""看电影很需要,但生活是源,那是流。"等等;或间接包含:"熟悉的就写得好,不熟悉的就写不好,这个法则是没法改变的。""现实主义不是靠'编剧法'编出来的,来源于对社会的观察。"等等。比比皆是,不一而足。出现"生活"这个词儿的频率,高得惊人。他都赛过祥林嫂了!

一个心高气傲,自认为凭借个人的绝顶聪明,才华横溢,一定能写出伟大作品来的文艺青年、中青年作家,对钟惦棐这样絮絮叨叨、不厌其烦"生活""生活"地没完没了,全方位、多侧面把"生活"放在首位、至高无上、起决定性作用的理念、主张,是会心生抗拒、大为反感的。以我当时的年龄、生活阅历,有过一些写作的心得、体会,还是听得进去的。但听得多了,不禁有时也会萌生一丝怀疑:"你这样把话说绝,强调到无以复加的程度,是不是有些过分呀?"待先尝到甜头,后吃了苦头,才心悦诚服,这老头儿说得太对了!生活,真真正正、确确实实是一切艺术的源泉,也是它赖以产生的基石。

在《钟惦棐谈话录》里,我不是叙述过么?1978年年底从西安来到北京,住进旅馆,一间十几平方米的房间,四张架子床,八个铺位,纷至沓来、迎来送往的另七位室友,绝大多数都是被打成"右派"回本单位"改正",历次运动特别是十年"文革"中被打成反革命分子,进京上访、要求平反、落实政策的干部、知识分子、工、农、学生,各色人等,应有尽有。来也匆匆,去也匆匆。从他们的身份、言行、不幸遭遇，联想到自身的坎坷经历，由不得激发强烈的创作冲动！正是在钟老的启迪、引导和鼓舞下，我顺畅写出了电影文学剧本《新春风景》。钟老读后很是赞许，向北影推荐，也得到肯定。待人家提出意见和建议，要求加工修改时，这才觉出不妙：我只有那么点生活，像是路边早点摊的包子、馒头，热蒸现卖。初稿就把它掏空了，再写就抓瞎了！勉为其难，硬着头皮生编。可以想见，越改越糟。走投无路，另搞新作，急于求成，情况更糟。钟老大为恼火，严厉批评："情节是硬编的，不是生活真实，这路子不对！"指明要害："脱离生活硬编，多危险！"

现在的《新春风景》，是在这二十几年生活不断积累、思考的基础上，多次加工修改而成的。自信大不同于 1979 年的初稿。使我痛心疾首的是，恩师早都看不到了！

没有剧本，就没有电影。

没有生活，就没有剧本。

其他任何一门艺术，同样如此，概莫能外。

——没有生活，就没有一切！

这是我从钟惦棐先生那里，所得到的终生不敢忘怀的最为宝贵的教训。

"西部片"再掀波澜

特请罗老艺军先生和章柏青会长为《钟惦棐谈话录》作序，二位不约而同地明白指出，1979年钟惦棐先生指导我，作为从西安来的作者，作品要有"羊肉泡馍"的味道，已经有了以后他倡导要拍中国的"西部片"的意思。促我猛醒，也就是同年冬天，在和钟老的谈话中，他忽然离题，问我："你看过《从前西部的故事》没有？"我回答："看过。"以为只是此片的中、近景尤其是特写较多，镜头运用上引起了他的注意罢了，后悔没问："你怎么一下问起这部片子？"现在看来，他当时已经由中国观众喜爱、极富地域、人文特色的美国西部片这个类型，联想到要有中国自己的西部片了。这又是和他曾经在陕北、延安生活和工作过的革命经历密切相关的。

1984年3月6日，钟惦棐先生在西安电影制片厂作了《面向大西北，开拓新型"西部片"》

的报告。随后，将它整理成文《为中国"西部片"答〈大众电影〉记者问》，在该刊同年第七期发表。

古人有云："听君一席话，胜读十年书。"钟老的一句话："要有我们自己的西部片。"如同在中国电影领域做了一次火力集中、威力迅猛的"定向爆破"！它的震撼和影响，给中国电影人又一次新的惊喜，超过了四年前的"挑拨电影与戏剧离婚"。因为那是电影形式的变革，这可是题材内容的开拓。它指明、开启了电影艺术类型的发展意向，扬长避短，努力发挥、发掘地域历史、文化的优势、特色，创造仅仅属于自己的艺术精品。个性是艺术的生命。这是真正符合、适应艺术本性和艺术创作规律的不二选择。

影响所及，岂止电影而已？西部地区的作家争相创作"西部文学"；音乐领域刮起了一股强劲的"西北风"，那"我家住在黄土高坡"的高亢、苍凉、雄浑的旋律，一时唱响全国！

作用大，反作用也大。现代物理学的定律，在人文领域，也是通行的。否则，反倒不正常了。据我所知,这次的反作用,可比上次的"挑拨电影与戏剧离婚","层次"要高了许多,都是重量级人物!

首先发难的是新中国成立后电影战线的一位老领导袁文殊先生。他在1985年8月12日《人民日报》发表《关于探索"西部片"的异议》一文,开宗明义:拍中国"西部片"的提法"是值得考虑的。更明确一点说,就是不妥当的。""很容易引起混乱。"因为,"它以上个世纪美国在开拓他们的西部地区的时代为背景,空旷荒凉的土地,粗野彪悍的人物,抢劫、打斗、惊险的情节为其特征;头戴宽边帽,身穿夹克衫,下着牛仔裤,腰缠子弹带,身挂连发枪是他们的典型打扮。有时也出现一些侠义、豪放的'英雄'加'美人',路遇不平,拔刀相助一类的行为,如此等等。一个总的趋向是以所谓东部人的文明去取代西部人的野蛮,实际上是白种人去征服土著的印第安人。"

袁说显然是以偏概全。早在1981年,就在北京、西安等大城市公映过美国西部片《正午》,

中国观众通过"内部电影"和录像带看过《关山飞渡》和《从前西部的故事》等影片，就不是那种情况。

再说，钟惦棐先生倡导"拍自己的西部片"的缘由，在答《大众电影》记者问时，说得清楚、明白，"我们拍过一些'西部'题材的影片，但我以为它是由于创作的某种'机缘'，而不是自觉地挖掘和展示大西北足以令世界为之倾倒的美。"此种美无它，"而是浓厚的乡土气息。乡土气息愈地道，就愈能表明它为别处之所无，别国之所无。"

袁老先生显然是过虑了。在钟说之前已经有了的电影《人生》《黄土地》，钟说之后有了的电影《野山》《黑炮事件》，其中可没有一寸胶片、一个镜头出现过"头戴宽边帽，身穿夹克衫，下着牛仔裤，腰缠子弹带，身挂连发枪"的人物呀！更谈不上抄袭、模仿"东部人的文明去取代西部人的野蛮"的故事情节。连个细节都没有！

但文殊先生还是进而质疑："如果说某一个影片较好地反映了我国西部地区人民的风土人情，

便是'中国的西部片',那么在去年的出品中,影片《雅马哈鱼档》也被评论界誉为是一幅生动地描绘了广州市井的风情画,因此,这部电影是不是就是'中国的南部片'呢?"为什么不呢?钟惦棐可没说过它不是,或不准它是呀!在美术界,从清末民初起,不就有以地域区分的京派、海派、岭南画派和新中国成立后的金陵画派、长安画派么?!文学创作上还有荷花淀派、山药蛋派哩!只要它叫得响,传得开,如同"中国的西部片"那样,也会、也该拍手欢迎的嘛!

袁老先生振振有词,继续责问:"像影片《高山下的花环》,他们作战在西南边境,而梁三喜的一家却在山东沂蒙山区,这该怎么处理呢?"这好办,您老怎么忘了?在多种多样、形形色色的类型片中,不是还有一种中外观众同样喜闻乐见的"战争片"吗?为啥还要按地域划分,去硬套什么东、西、南、北片,作茧自缚,搞得四不像,自己跟自己过不去呀?

照理说,作为电影界的老领导,谁也没有比文殊先生看得更真切,认识更深刻:"文革"前十七年，国产片成就最大，最辉煌的正是"革命战争片"。原因在于：我们的编、导、演等主创们，大多是才从抗日战争、解放战争的战场下来，直接走上大银幕的。这又恰好验证了钟惦棐的话："熟悉的就写得好，不熟悉的就写不好，这个法则是没法改变的。"

1985年9月23日《人民日报》在同一版的同一左下方，发表了钟惦棐先生的答辩文章《鸟有喙》，也开宗明义："中国电影在前进，但它是在摆脱'鸟有喙'之类的陈词滥调中前进的。"这就是他倡导要拍"自己的西部片"的初衷与缘起。理直气壮而又心平气和地娓娓道来："理论的任务不是去求教于书本，看看别人关于某一片种说过些什么，而是针对电影创作的实际状况，看看我们能在多大程度上帮助创作者们摆脱这一困境。因此，美国有'西部片'，我们要提出；美国没有'西部片'，我们也要提出。一经提出，不仅影响着电影，也意外地影响到文学。"前面说过，也影响到音乐之类的艺术门类。

按说这场争议到此为止，可以平息。不料鲁

迅研究大家、现当代文史学家的唐弢先生,在1986年6月26日《人民日报》发表《问题在这里》一文,"美国电影里有所谓西部电影,专门表现西部人民感情强烈、色彩浓重、骑马打枪、杀人越货的传奇似的生活,几乎成为专门名词,具有为大家所公认的特写的含义。将性质完全不同的描写中国西北地区人民生活的电影,也叫作西部电影,真是失诸毫厘,错以千里,完全不是那么一回事。这叫作滥用名词,有的可能是别出心裁,有的则是近乎无知。"

老先生还算是笔下留情,说的是"别出心裁",而不是别有用心;是"近乎无知",而不是根本或纯属无知。

这下可让钟惦棐犯难了:您老这样声色俱厉,严加谴责,貌似把我驳得哑口无言,体无完肤;其实我所持的理由和论据,都在答《大众电影》记者问和《鸟有喙》里回答了的呀!难道叫我重复一遍、两遍至无数遍么?!

与唐老先生相呼应,更令钟惦棐猝不及防的是,在一个多月后的8月7日《光明日报》,中国文艺界举足轻重的权威人士林默涵先生发表了一篇《名词滥用与名实颠倒》的大文，批评钟惦棐："不管适合不适合，把别国的一些专用名词拿来套在我国的事物上，以为新鲜，其实牛头不对马嘴。"

此公对钟的严词责难，虽然和唐文用语有别，但论点与凭证实质相同："美国'西部电影'和'西部文学'，这些名词，是含特定的意义的。哪一个国家都有东、西、南、北，但并不是任何国家的文艺家描写本国西部生活的电影或文学作品，都可称为'西部电影'或'西部文学'"。请问：为什么不能？总不至于谁给好莱坞颁发了"专利证书"吧？只要文艺家愿意，确有道理，叫什么都不违法啊！"把这些名词拿来套在表现我国西部地区人民在党的领导下团结奋斗、开发西北、建设社会主义新生活的电影或文学作品上，只能说是'拟于不伦'。"明明说的是"中国的"西部片呀，怎么就'不伦'了呢？

还有什么："我们的'西部文学''西部电影'提倡者，却颠倒了这个顺序，首先从国外引进'西部文学''西部电影'的名称,再去创作这样的作品"。不对,绝对不对!"提倡者"是在《人生》《黄土地》之后,《野山》《黑炮事件》又是在"提倡者"之后。之前、之后,都是有作品"保驾护航"的。

——特别要指出的是,1986年《野山》获金鸡奖最佳影片奖,西影厂当年抱上了七只"金鸡"。"提倡者"的提倡,立竿见影,成果辉煌,见了实效啦!

此公视而不见,听而不闻,还要质问:"为什么其他地区的文学艺术,不给它们冠上地区的名称,唯独反映西北地区人民生活的文艺作品,却要模仿外国贴上'西部文学'或'西部电影'的标签呢?这实在令人费解。"

真正"费解"的是钟惦棐。他哭笑不得,仰天长啸:天哪!你要我重复多少遍答《大众电影》记者问和《鸟有喙》哟?!

1988年4月20日《人民日报》发表钟惦棐先生写于1986年底的遗作《"名"的糊涂》,这已经是钟老不幸故去一年又一个月之后的事了。

它对林、袁、唐做了一次总的答辩:"当初我又何尝想争个发明权,只是在电影《人生》之后,我在西安电影制片厂有一次发言,顺便提到这个,于是被传开去。当时西安电影制片厂很有一股劲头,要在大西北做出一番前人没有做过的事,苦无适当的语言表达,这才对它感兴趣。言者既无贩卖美国陈货之心,听者也无按照美国配方炮制新片之意。"进而满怀自信和自豪地断言,预告:"中国西部电影只要不出现那种通常被认为是美国西部片的标志和特征,那就放手拍。至于是否也会出现广义性的'淘金热',现在谁也不敢说,在那些沉睡若干万年的荒原上,谁知道它的未来会出现什么奇迹!"

值得关注的是全文结尾的那段话:"如今的改革很遇到一些正名派,他们总是哭丧着脸,说这个'祖传家法',动不得;那个是不义之财,不能要。这是由于他们已经奠定了个殷实的家底,国家盛衰,和这些人实在毫无关系。"这可不只是和林、袁、唐幽默了一把,也不止于调侃、反讽,而是别有深意在焉!

按说，为什么"要拍自己的西部片"，钟惦棐早已在答《大众电影》记者问和《鸟有喙》中说得一清二楚，明明白白。那以上三位反对的劲头从何而来？怎么还要不厌其烦，揪住不放呢？究其原因无他，在于他们三位的心灵深处，是有一条严密的、铁打的逻辑线在的，即："西部片"来自好莱坞，好莱坞在美国，美国是头号帝国主义。这还得了，岂可容得，必须打倒而后快！由此可见，这已经不是通常意义上的艺术争议，百家争鸣，而成了政治审判了。这不又把艺术跟政治挂上了钩，紧紧绑在了一起了么？！严重的问题在于：袁是全国影协的主席，林还是"文革"前主管文艺的中宣部副部长哪！

山中方七日，世上已千年。此时改革开放都七八年了，中国人，尤其是年轻人，他们恰好是构成电影观众的主群体，早已对欧美西方世界有了基本客观、公正的认识与了解；而中国电影人看了好莱坞电影，则眼界大开，分辨优劣，承认差距，奋起直追！因此，当一听到钟惦棐发出"要拍自己的西部片"的倡议，那惊喜，那振奋，那"深知我心"和"早该如此"的心灵回响，绝对是林、袁、唐做梦都不曾想象到的！

时间是最公正的审判官。是非曲直早都不言自明了。

"要拍自己的西部片"，岂止今天仍然余音袅袅，不绝于耳；可以想见，它还将是继"挑拨电影与戏剧离婚"之后，成为中国电影史上又一具有标志意义的重要事件。

又一次大胆发声

中央电视台从1983年除夕之夜开始办"春节联欢晚会",很快成为中国人和海外华人世界一道必备的视听盛宴,打造成了一个全民皆欢的新民俗。

1985年那一次"春晚"却没办好,人们纷纷表达不满。中央电视台虚心接受批评,听取各方意见,着力改进,立见成效——1986年的"春晚"搞得分外精彩,广获好评。

此时,主管全党意识形态的胡乔木同志发表谈话:"通过迎春晚会,证明文艺界还是听党的话的!"毋庸置疑,明白如画,这是赞扬,这是表彰。中央电视台和全体演职人员自然欢欣鼓舞,引以为荣的。

与此同时,唯有钟惦棐先生,却从中听出了不和谐音。

1979年十月第四次文代会上,邓小平同志代表中央宣布，党的文艺方针，今后不要再提"为政治服务""为工农兵服务"了，改为"为人民服务""为社会主义服务"。这意味着给文艺松绑，跟政治脱钩。

当年就是因为一篇《电影的锣鼓》，让自己吃尽了苦头的钟惦棐，对文艺与政治的关系，有着超乎常人的敏感！骨鲠在喉，一吐为快，在1986年第11期《新观察》杂志发表《"双百"方针处女谈》一文，提出相反的意见，表明自己的态度："说通过迎春晚会证明文艺界还是听党的话的！在文艺上动辄用党的概念，这个教训，真可谓'殷鉴不远'。"

这可不是头脑发热，心血来潮，一时冲动。早在1979年6月19日，他对初交的小子如我，豪情不减似旧时，说过："我的胆子还是很大的！"

这老头儿又一次冒犯一位大人物了！

当时，远在西北黄土高原的我，真为我这位江山易改、本性难移的恩师捏一把冷汗！

那些日子，我一直惴惴不安地注视着那边传

来的动静。

谢天谢地,形势比人强。1986年终究不是1957年。总算相安无事,虚惊一场,可喜可贺!

二十七八年过去,我逐渐悟到,评论家是个得罪人的行当!要敢为天下先,想别人之所不敢想,言别人之所不敢言。否则,趁早打消干这行的念头。

再说,在三百六十行里,它并不比另外三百五十九行来得优越,更谈不上高贵。要没一点精神,一份担当,这碗饭,还是不吃的好!

洞察力·判断力

钟惦棐先生是一位坚定的现实主义者。对艺术家及其作品观察入微,见解深刻。他们的若干非现实主义言行和作品中非现实主义的东西,钟老几乎是出自本能地加以抵制、排斥以至著文批评,如同眼里容不得一粒沙子。

文学大师老舍先生在 20 世纪 50 年代初,创作演出的话剧《龙须沟》,通过一条臭水沟的修建,揭露旧社会的黑暗,劳动人民的苦难;歌颂新社会的光明,劳动人民的新生。北京市彭真市长亲授作者"人民艺术家"的光荣称号。

著名导演冼群很快将它改编,搬上银幕,同样获得一片热情赞誉之声。

唯独钟惦棐先生,在 1953 年第四期《大众电影》杂志发表《电影〈龙须沟〉在艺术描写上的一个问题》,明确、尖锐地指出它"解放以前的生活写得很逼真,很动人。""解放了,艺术描写突然从生活的深处浮到了现象的表面。这样,电影后半部的动人力量就大大的减弱了。""流于概念化、一般化了"。

认真追究其原因,很难怪罪于导演,而是原著后半部概念化、一般化在前。这是老舍先生的一大败笔。

为什么一部作品,前后判若出自不同的两人之手,前半杰出,后半平庸呢?一直到了二十几年后的1979年,中国青年艺术剧院的剧作家兼评论家王正先生,才向我透露了其中堪称惊人的秘密:"老舍熟悉解放前的龙须沟,新中国成立后他就没去过龙须沟!"

我大为吃惊,忙问:"那他怎么还写了新中国成立后的龙须沟呢?"

得到的回答是:"老舍派自己的助手去龙须沟搜集材料,回来向他汇报,他再加工整理,写进剧本的。"

哦!原来如此。可逃不过钟惦棐一双慧眼,让他看出来了!

1980年1月3日,我在钟惦棐先生处,谈及:"看最近这期《新闻战线》杂志,英籍女作家韩素音评论曹禺新编话剧《王昭君》,说:'《王昭君》里没有王昭君。有些情节是从莎士比亚和梁山伯与祝英台里来的。'"

钟老沉思,半晌,叹声:"曹禺新中国成立后一直在上边。"略停,另抛出一句:"国共两党对他都好!"

我不觉一愣,这和《王昭君》里没有王昭君有什么关系?当时没问,以后也没问。但在心里,始终解不开这个疙瘩。

21世纪初,读到《曹禺传》,才省悟当年钟老这短短的两句话,却是蕴含着异常丰富的内容的。

头一句:"新中国成立后他一直在上边。"可不是,曹禺有着许多政治、社会和艺术领域的顶级头衔,如全国人大代表、全国剧协主席、北京人艺院长及全国文联主席,等等;特别是享受到正部长级待遇的殊荣!——2010年曹禺诞生100周年,北京电视台播放了中组部对该任命的批文。北京人艺老艺术家蓝天野对北京电视台记者披露,一次他和曹禺去农村体验生活,身后却跟了两个基干民兵——正部长级高干来到本村，可是莫大的荣耀，同时也担负着重大的责任，理应着意保护呀！——蓝天野无奈对曹说："曹院长，我们回去吧！"

后一句："国共两党对他都好。"那也是查有实据的。如抗战时期在重庆，蒋介石点名要看曹禺写的话剧《蜕变》。1945年，毛主席飞赴重庆谈判，南开中学的老校友周恩来特意安排主席接见了曹禺。告别时，毛紧握着曹的手，殷殷叮嘱、期许："足下春秋鼎盛，好自为之！"曹对这句临别赠言永志不忘，到了晚年，向来访者谈起，还是那么眉飞色舞，充满得意和荣光！

钟惦棐先生曾有心研究《雷雨》，在前期准备中，估计对曹禺已有了全面的认识和总体的评价。否则，就他新中国成立后的种种，不可能做出如此高度的概括，引发如此深沉的感慨的。

曹公才尽，可悲，可叹！

形式·内容

在钟惦棐先生笔下、口头,说到"电影美学",指的是形式;说到"电影文学",指的是内容。

"挑拨电影与戏剧离婚",是对旧的形式的突破;"拍自己的西部片",是对原有内容的开拓。

这就是钟老对电影形式与内容的重要贡献。艺术都是相通的,因而从事其他艺术门类的人们,也能从中受到启迪与教益。

反对"离婚"说者的主要失误,是把形式当了内容来反对;反对"西部片"说者的主要失误,是把内容当了形式来反对。

形式大于内容是有的,内容受制于形式也是有的。但世上绝没有无形式的内容,也绝没有无内容的形式。尤其是电影,表现得最为突出,最为分明:它的主要功能就是给观众"看"故事,而不是"说"故事。可以设想,没有形式,你叫观众怎么看呀?没有内容,你叫观众看什么呀?

可见形式与内容，是互为表里、彼此渗透、水乳交融、融为一体的。

钟惦棐先生在成为文艺评论家之前，是位歌词作者。记得远在20世纪50年代初，我从家乡小城来到省会南昌上初中，学校集会，各年级之间，会前互相"拉歌"，经常唱的是"解放区的天，是明朗的天""团结就是力量""向前，向前，向前""我是一个兵"，等等。其中还有《青春之歌》，它的头一段歌词至今没忘，是："年轻的人，火热的心，跟着毛泽东前进，紧紧跟着毛泽东前进！"若干年后才得知，它的词作者就是钟惦棐。因此，以他的艺术创作经验，三十余年后，在前引《电影形式和电影民族形式》中，对一贯奉为金科玉律的"内容决定形式"表示怀疑，认为是"老方法"。其理由和根据是，"艺术在一般的情况下，内容和形式是同时存在于艺术家的胸臆之中的。"

无独有偶。20世纪60年代初，一位研究了大半辈子文学理论的中文系主任亲口对我说过："形式和内容是不可分的。是评论家为了评论的方便，硬把它分开了！"此说较显偏颇，但也确有合理的成分，不是从钟惦棐这里得到了印证么？！

对我们今天的理论家、评论家来说，由此是否可以有所感悟，启示？即：尝试着学写些小说、散文、诗歌以及影视剧本（不必强求发表、搬上银屏），从中感受、体验它不同于惯常的冷静与理性；需要的是想象与激情。反过来再主攻自己的专业，估计总会有些好处，甚至是大有好处的吧？

见解·才能

生活,是艺术创作的前提、源泉、基础。

问题来了:要说生活的丰富、充实,谁能和我们的工人老大哥、农民兄弟比呀?而工、农中,至今似乎还没有产生过几位优秀、杰出的作家、艺术家。我得赶紧声明,这话丝毫没有看低工农大众的意思;他们的任务就是创造工、农产品,原本就不该苛求,只不过是为了阐明个人的观点而已。可见,艺术创作,还需要具备生活之外的、同样重要的条件,照钟惦棐先生的见解,就是:"见解"!

他是这么说的:"一定要是自己在生活中的发现、感受,有自己的见解。""一定要有独特的见解,见人所不能见。""光熟悉生活不行,还要有见解,提到哲理的高度。"

哲理,就是"形而上"。脱离具象,升华具象,达到抽象,挖掘蕴涵其中的社会意义、人生价值、生活理想，也就是艺术的主题。

又有了问题：如何见解？钟惦棐的思考，就是："思考！"开始着意为之，久而久之，习惯成为本能，做到自律。

记得钟老有一次神情严肃，直看着我，一字一顿地："你想当作家，不能要别人帮你思考！"这话是很"伤人"的。我顿觉一张脸火辣辣的！发烫了！不知为什么，当天没写进日记。这么多年每每想起，都如雷贯耳，估计到死都忘不了！

在和钟惦棐先生相识、相交半年之后的金秋，他满怀热望地鼓舞我说："你是能写的，写电影剧本吧！"一年后，1980年深秋，在严厉批评我急于求成、把路走歪的同时，仍然不忘勉励我说："你是有创作才能的，也有见解，现在就是创作方法问题，动摇于现实主义与向壁虚构之间。"他很看重才能。现在想来，他重病在身，时间那么宝贵，要写的东西那么多，那么重要，居然愿意在病痛与百忙中，挤出那么些时间和精力，跟我这么个从外地来的业余作者长谈、深谈，诲而不倦，乐此不疲，就在于觉着我还有些他认为的"才能",小子可教!

对了!"生活""见解"之后,他认为至关重要的就是"才能"了。

要有生活,要有对生活的见解,要有创作才能,这就是钟惦棐心目中的作家"三要素"。三者缺一不可,构成一条完整的"产业链"。

了不起的创见

中国文学，从《诗经》算起，都三千多年了！以后的《楚辞》，也两千多年了。历朝历代的文学理论家、评论家，对文学的起源、本质、创作规律，都有过全面、深入、精细的研究。"五四"以来的新文学，也涌现一批成就卓著的理论家、评论家。再要有何高见很难，至于振聋发聩、洞幽烛微和见人所未见、言人所未言的新观点，独创之见，更是难上加难！我则有幸在多思、善思、思虑精深的钟惦棐先生那里，倾听到他发表的关于文学——也适用于其他艺术的一个个了不起的创见，独到之见！那是 1979 年 11 月 26 日，他的谈话："老说艺术是对生活的反映。这话也对，但不全面，不准确。应该说：艺术是作家对生活观察和认识的反映。我打电话给秦兆阳，征求他的意见，他同意我这个观点。"

他的思考、探索并没有到此止步。1980 年 4

月 21 日，钟老从读谌容的《人到中年》，谈道："我正想写篇文章，什么叫作艺术内容？就是自己的生活经验。"以后，将它精简为一句话："艺术内容就是作家的生活经验。"这可是又一个了不起的创见！和前一创见互为补充，相得益彰。

1980 年 6 月 24 日，钟老看我在创作上走了歪路，再次警示："艺术，是作家对生活观察、分析、研究的结果。"

他不停歇地继续向纵深探索，一个月后，得到最新的结果，正式宣布否定了八个多月前还勉强接受的"艺术是生活的反映"那陈旧的、错误的观点，坚决、明确地表示："艺术，不是生活的反映。""是作家对生活认识的结果。"

前后两种创新之见，它的重要、珍贵之处在于：钟惦棐先生真正探究到了艺术之所以成为艺术的本质、特征，已经掌握了艺术创作的基本规律。显而易见，"观察、分析、研究"的，是客体：他人、他事和他物。"自己的生活级验"是主体：作家自身的思想，言行与情感。两者互为表里，融为一体。两者都需要，都重要，相辅相成，相得益彰。不同的作者各有侧重，但缺一不可。

在此以前，人们常挂在嘴边，成了格言、警句的那八个字："源于生活，高于生活。"前四字，一目了然，明白无误。后四字，可就颇显玄妙，含混、飘忽，悬在半空，甚至令人一头雾水，言人人殊了：怎么个"高"呀？往哪儿"高"呀？"高"的分寸怎么把握？能量化吗？"行百里者半九十"。最后这十里路总是语焉不详，说不清、道不明，心里没底！君不见多少人生活丰富，多姿多彩，硬是"高"不到位，"高"不在点子上，写出来的东西，还是苍白、平庸，看过即忘，甚至不忍卒读。再怎么艰难跋涉，可怜无补费精神，被艺术女神拒之门外！

现在好了，有了钟惦棐这两个崭新的观点，此独到之见，令人豁然开朗、恍然大悟："哦，诀窍在这儿呀！"

此时，我想起杜甫的名句："文章千古事，得失寸心知。"原先总由不得怀疑："也许只有您老可以做到，谁会有这么个自知之明呀！"原来难也不难。老杜所作，都是从自己艰辛、坎坷的生活经验出发,用自己的心血写出来的。因此他才有这样的自信,并为之自豪!这是个很高的精神境界,故后人尊之为"诗圣"。

其实任何人的创作,究竟是来自生活,有感而发;还是生编硬造,为写而写?只要不自欺欺人,或揣着明白装糊涂,都是"寸心知"的。

写至此,忽又想起,1980年底,我离京回西安前,钟惦棐先生最后一次和我谈话,严正告诫:"要在生活的基础上虚构,不能在虚构的基础上虚构。"在前两种创见之后,再加上这一高见,是否可作为一切有志于艺术创作的文艺青年和中青年作家、艺术家的"约法三章"呢?——类似国家食品、药品的质量认证,市场准入的强制性指标。只有老实、认真地做到这三点,才有可能创作出真正称得上是艺术的作品,也即"达标"。当然,它还只是最低标准。

"师傅领进门,修行靠个人。"真要写出优秀、杰出的作品,传世之作,可就得看你对生活熟悉到什么程度,对生活见解的深度、广度和才能的高下了!

人皆称"钟老"

"文如其人"。把这句话送给钟惦棐，实在是再合适不过的了！

他爱说、爱写，善说、善写，敢说、敢写。许许多多的人听了、读了，春风化雨，沁入心脾；有人听了、读了，却如芒刺背，暴跳如雷，于是学习唐僧给悟空套上一圈紧箍咒的做法，给他戴上了一顶帽子。"光阴似箭，日月如梭"。到头来觉着要说他错，真有错，错在早说了二十三年！——比1957年还提前了一年。

他豁达，乐观，幽默，声音清亮，笑声爽朗。一次我陪他看完电影，行走在宣武门大街。我说："我送你回家吧！"他摇头，挥手："不用，不用，你走你的！"

以后，我问："你晚上看戏，看电影，回去不怕遇上坏人？"

他扬头，笑说："人家一看是个穷酸小老头，身无分文,都懒得开口、动手哩!"

那是1979年6月间,我陪他看了一出歌剧。次日,又陪他参加全国剧协的相关研讨会。济济一堂,坐满了剧作家、评论家;主持会议的是有名的"乔老爷",词作大家乔羽。

戏里的一个细节,受到与会者的赞赏:女主角结婚,同事送了她一对枕头。上边没绣花,却绣了一句:"要斗私,批修!"

会上有一个细节:全国剧协驻会的副秘书长,端了一杯茶,独独放在钟惦棐前面。我当即深深感到,他在电影圈外,也是特别受到尊敬的。

他很忙,从不闲着。不写文章就读书,不读书就思考。

古圣先贤激励、要求读书人:"穷则独善其身,达则兼济天下。"头句话肯定没说对,钟惦棐可是"穷且益坚,不坠青云之志"啊!

——君不见此老以最后八年的宝贵时光,完成了一部足可传世的大作品《钟惦棐文集》么?!

他个子不高,没法玉树临风,也不怎么齿白

唇红，却优雅、大方，谈笑自若，风度翩翩，让人过目难忘。虽说年过花甲，白发苍苍，依然堪称电影理论家、评论家这个群体里，一位难得一睹丰采的"美男子"哪！

想起了一句诗："腹有诗书气自华"。

又想起了一句诗："是真名士自风流"。

似乎这两句诗，就是特为他写的。

他思维敏锐，反应迅捷，行走如风。显然是多年延安敌后、解放区对敌斗争养成的行事作风。

理论家、评论家的客观、理性，他有；作家、艺术家的想象、激情，他更有。

他衣着简朴，生活节俭，平易近人，任与谁交往，一见如故。

说来也许没人相信，他去世的十五年后，我才得知，他还是位副部长级的高级干部！当时，我没问，也没往这方面去想，他压根儿就不说。

一生一心深爱着他的夫人张子芳女士曾向我抱怨："他想的往往跟社会上发生的事情不一样！"

有意思的是，我向他谈起过青艺一个年轻女

演员和一个有妇之夫的男演员的桃色新闻。没想以后他非常严肃地问我："那两个人处分了没有？"

我说："没有。"

他颇为不满，说："影响恶劣，是应该给个处分的。"

他不装，不假，不做作，不张扬。

他自然，本色，表里如一，通体透明。

这些年来，我时不时想到，难怪《电影的锣鼓》这样的文章，别人不写，只有他会去写！

有人赞扬他："电影成了他生命的一部分。"这话不全对，全不对。应该说："生命成了他电影的一部分。"

电影美学，是他研究的对象。

殊不知他自己，是别人研究电影美学的对象。

因此，电影领域的男女老少当面见他，尊称之："钟老！"

背后谈及他，也尊称之："钟老！"

——这在百余年的中国电影史上，怕是"空前"的吧？当然，谁也不希望成了"绝后"的。

千古文章未尽才

1979年6月14日,我第二次去见钟惦棐先生,他兴致洋溢,笑声朗朗,既热情鼓励我,又豪情满怀地自励说:"彭克柔,我们都来大干吧!不干怎么行呢?!"

他是这么说的,也是这么做的。至今难忘,那段阳光灿烂的日子。白天,我跟他参加相关的研讨会,参观画展;晚上,我陪他看电影、话剧、歌剧。一老一少(其实当时他并不算老,我却不怎么少了),乘车,步行,来去匆匆,奔走于京城的大街、胡同。他总是精神抖擞、雄心勃勃,尽管年已花甲、白发苍苍,其心态、言行,还像个气血两旺的青壮年。

钟老是个从美术延伸到电影的专才,又是个广泛涉猎各门类艺术并卓有成效的通才。他不仅评论美术、话剧、电影,还写过小说、相声、舞蹈以及京剧的评论。远在1951年9月14日《中国青年报》上发表的《谈小说〈结婚〉》，短短一句话："正是这样一种随时随地都流露出对自己的生活是那么热爱，对环绕着自己生活的一切，都以一种主人翁的身份去对待它的新的人物的新的性格。"一篇小说的精髓所在，核心价值，就这样让他紧紧地抓住了。发表在1981年第八期《艺术世界》杂志的《看胡芝风演〈李慧娘〉》："三十年来我们片面强调思想性而抑制技术，谈技色变，这是脱离群众爱好的。"他深知群众的爱好是：最想看到演员的"台上一分钟，台下十年功。"因而有感而发，一语中的，点到了包括京剧在内的戏曲艺术的命脉。甚至发表在《舞蹈》1981年第一期的《舞蹈的第一要素是美》。仅是题目，就抓着了这门艺术的特色与特长！

  我为钟老抄写过不少稿子。看他的原稿，改动甚少，可见其才思敏捷，文如泉涌，一气呵成。诗仙李白自称："下笔千言，倚马可待。"一千二百余年后的这位四川小老乡钟惦棐，至少也是下笔三四百言、倚马可待的。

  心理学家认为：人有天赋之才。此类人的智

力、能力，远超出常人之上。以我的亲身经历，感触良多，深信钟惦棐就是这样的人！他的为人、为文，道德、文章，半是先天生成，半是后天修炼。偶然中有必然，可遇而不可求。这也许正是现代生命科学研究中，一个尚未解开的奥秘吧！

可叹1980年初，钟老旧病复发，住进了医院，体质下降，大不如前，被迫紧急刹车，凝聚精、气、神于自己的至爱——电影！我也再无机会和条件，追随他身后，总是行色匆忙，四处奔波了。

记得最后一次陪他上街是1979年十月文代会全国影协开会期间，钟老原拟带我去旁听，走到西单，他忽想起，摇头笑说："不行！好多人也要求旁听，其实是想看白杨、赵丹、秦怡。"不消说，我也想看。

——失望之余，不禁想到：白、赵、秦三位，数十年享有盛名，现已渐老，仍然拥有如此众多狂热的影迷，着实让我惊叹不已。

此后，钟惦棐先生忙于组织编写自认为一生中最重要的著作《电影美学》。身为中国电影评论学会会长，组织、领导本会和全国各地分会的专业与群众的影评工作，争分夺秒，已不满足于惯常的舟与车，而是乘机在天上飞来飞去了！

伟大的鲁迅，以他对医学的精深素养，痛感不久于人世，强迫自己要"加紧做"。钟惦棐追随前辈先贤的足迹，痛感时日无多，急促鞭策自己要"加紧干"，不容喘息，做人生旅途最后的冲刺！

张老子芳女士曾向我沉痛、伤感地谈及，1987年1月，钟惦棐先生得悉胡耀邦同志辞去总书记职务，一时感情接受不了，当天就住进了医院。今天80后、90后和00后的新新人类，可能难以理解，不可思议："这老头儿，怎么会这样？"殊不知，钟惦棐却是那样自然而然、理所当然，数十年如一日，早已把自己的生死荣辱，和党与国家的命运血肉相连在一起了！

张老子芳女士还向我沉痛、伤感地谈及，钟老已经着手写一篇《电影文学断想》之后的重要文章《新时期电影十年》。上帝就是这么冷酷无情，硬是不让他多活一年半载，哪怕延长三四个月寿命也好哟!

——在钟惦棐文库里,缺少了这么一篇鸿篇巨制,岂止钟老本人于心不甘,更是中国电影一个多么重大、不可挽回的损失啊!

谢师恩

钟恬棐先生于 1987 年 3 月 20 日病故,我最早是从上海《文汇报》上读到的。

天妒英才,恩师遽逝,阴阳两隔,情何以堪?!

我像被天外飞来般的横祸,一下给击倒了!怎么会?那么快?白纸黑字,不容置疑!只有、必须、无可逃避地接受这个严酷的现实。头脑昏昏沉沉,走路像踩在棉花上似的;不停地找人说话,借以渲泄心中的苦痛、酸楚、悲凉!那心情,那感受,在自己的大半生中,只有 1964 年父亲去世和 1988 年母亲故去,才有过的。可那是亲生父母,血浓于水,天性使然啊!

这种出乎意料、不可抑制的心绪波澜,情感激荡,相当长的时间,连我自己都为之诧异、惊讶!在恩师辞世后,在我深夜酣睡时,每年都会梦到他!那无比熟悉的音容笑貌,如在生前!痛定思痛，最终知晓、明白，它决不只为钟老的优雅、潇洒、豁达、幽默之深受感染；也决不只为对他的人生经验、人生智慧而由衷赞佩；其真正内在、感人的缘由和动因，纯粹出自他的正直、真诚、善良、坦荡的人格魅力；尤其是他对我的真挚、热情，尽心尽力地教导、启迪、关怀和鼓舞。1979年至1980年的求教、相处，可是我大半生中最为幸福、宝贵的时光，极其丰厚、要加倍珍惜的精神财富啊！

有生之年，理应竭尽所能，为这个时代，我们的人民，奉献自己绵薄之力，实现人生应有的价值，以告慰恩师钟惦棐先生在天之灵！

从懂事的时候起，每读南宋爱国诗人陆游的绝笔诗《示儿》："死去原知万事空，但悲不见九州同。王师北定中原日，家祭无忘告乃翁。"总是久久为之感动、感奋、感慨！现特步其原韵，表达一个电影文学习作者赤诚、热烈的愿景：

　　　　人生如戏转眼空，
　　　　但悲落后好莱坞。

中华电影称雄日，

欢庆无忘告恩公！

恩公，不言而喻，恩师钟惦棐先生是也！

2014年春，西安定稿

作者注：文中未标明出处的引文，皆来自《钟惦棐谈话录》。

给钟惦棐先生的信

钟老：您好！

时间过得多快，西安别后，不觉都两年多了。这期间，依然故我，了无长进，疏于给您写信，务请多多原谅！

今年5月底至6月中旬，我随同秦兵马俑展览，去了趟香港。去香港好似"出国"，在以前，是做梦都不敢想象的。在没坐上由广州直通九龙的火车前，我还一直以为是在做梦哩！

香港十六天，生活在另一个世界里。见所未见，闻所未闻，感慨良多！那儿出乎意料地商品多，汽车多，高楼多，银行多，霓虹灯多；社会安定，生活富裕，清洁卫生，文明礼貌；信息传递迅速；法治观念深入人心，法律有无上权威；等等。但它也有那种社会与生俱来的绝症——看了几部电影，说白了就是看性交！老实承认自己少见多怪：世上还敢这么拍电影呀？！缺乏人生理想！不过，人生理想，这正是我们的优势。因此，我总觉得，只要能根除以权谋私、官僚主义、贪污、腐败，社会主义确实比资本主义优越！就凭这样的信念，尽管我惊叹香港的富有和繁华，但又无所留恋地回来了。

返馆后见到您的来信，几次向西影同志打听，才知此次西影抱了七只"金鸡"，省上有关领导却"兴趣不大"，相应地对开创作会议"不表态"——其实这就是表态！因此会没开成。我一想，也不奇怪，在香港读到《争鸣》杂志，即有"腰斩金鸡奖"之说。会不开，当然您也不来了。没能见到您，很是遗憾！

近读《论感性》，很为您的眼疾焦虑！茅盾生前最大的苦恼就是目力不济。慨叹人到老年，与其看不见，不如听不见！今年第七期《大众医学》杂志上有篇治眼的文章，不妨找来一读。一般而言，对付老年病、慢性病，最重要的还是豁达、乐观，精神振奋，这对您来说，自然是不缺乏的。不时读到您的大作（尽管只是您所作的一小部分），就是明证。为此，又感到无比欣慰！

袁文殊、唐弢、林默涵关于"西部电影"的言论，我看不值得过多理会。因为，《鸟有喙》早都回答得清楚不过了。所谓先引进名词，再制造作品的嘲讽，正好嘲讽了他们自己：西影一次得了七个奖。你尽可以不喜欢，不承认，但没法把它抹杀。袁、唐、林俨然抓到要害，振振有词地质问：既然有"西部"，是不是也该有东、南、北部呢？这很好回答：也没说不该有呀？尽管命名好了；真要叫得响，传得开，照样欢迎嘛！只不过肯定不会像"西部"那么古老，神奇，独具魅力。为什么？我想至少出于两个原因：一、它是中华民族的摇篮，斯诺曾说：当你踏上这片黄土高原，每走一步，都会想起中国遥远的过去；二、至今大部还是未开垦的处女地，神秘而充满伟力。

您要再写文章，以上这些肤浅之见，不知是否多少有点参考价值？

阿城一鸣惊人！《棋王》的冲击波至今还发出回响。他的老辣、睿智、深邃、幽默，显然有着您的遗传基因。我为他惊喜、惊叹，更深深感到惭愧！当然，也不那么气馁。契诃夫有言："大狗叫，小狗也叫，让他们用各自的声音去叫吧！"我应该沿着自己的轨迹，勉力前行。

国庆前后，我或将出差来京。若能成行，但愿如同当年在振兴巷那样，聆听您的教诲和启迪！

寄上一张我在香港的留影，可惜没照好，作为一个纪念吧！

请代向子芳同志问好。并祝您全家康乐！

此致

敬礼

彭克柔

1986年8月10日于西安

作者注：对香港的看法有时代的局限性。当时就是这么写的，请读者谅解！

后记

(一)

2007年3月,承蒙钟惦棐先生夫人张子芳女士热情推荐,章柏青会长盛情相邀,有幸参加"钟惦棐逝世20周年学术研讨会",很受教育,很受鼓舞!

钟惦棐先生的高尚品德,是当今知识分子学习的榜样。

会上,有专家、学者从宏观把握钟老思想的高度,热切希望钟老的战友、学生和家人提供钟老尽可能多的、真实可靠的信息资料,从而对"钟惦棐精神"做深一步的研究,取得新的、更大的成果。

由此想到我七年前整理的恩师钟惦棐的谈话录,萌生了公开出版它的强烈愿望。这样做的目的,不只在于将我所知道的钟惦棐呈现在世人面前,为要了解钟老、研究钟老的专家学者,提供一份真实可信的文献史料;更在于使广大文学青少年以至中青年作家从中受益,切实、有力地促进他们创作的进步与提高。

(二)

两天的学术研讨会，得以聆听当今中国电影评论家、理论家的高见宏论，岂止大开眼界，增长知识？更令我心潮澎湃，浮想联翩。

记得会后我曾向一位朋友谈到，《钟惦棐谈话录》定是中青年作家难得的教科书时，他颇为感慨地说："现在搞创作的人，大抵不看这些了。"

我大为震惊，不敢苟同。"这些"可是钟惦棐先生深入分析、苦心探究的艺术真谛、创作规律！如"艺术是作家对生活观察和认识的反映""要在生活的基础上虚构，不能在虚构的基础上虚构"，等等。都是千万不能摒弃、违背的艺术规律啊！

然而仔细一想，朋友此言不假。君不见近年来的一些所谓"大制作"，一经面世，迅即招来观众大哗，甚至引发愤怒！究其原因，不就是"不看这些"而造成的恶果么！

进而想到，国产电影要有新的发展、新的飞跃，理论学习、理论研究、理论创新都是必不可少的。

"真谛"即本质，"规律"即法则。它是客观存在，不以人的主观意志为转移。需要发现，不能制造；只可适应，不得违反，违反了是要受到惩罚的。

这些年文艺创作方面的教训，难道还不够吗？

（三）

作为第三代导演的谢晋，只比钟惦棐小三四岁，彼此属同一辈人。但谢见钟，也和那些后生小子们一样，尊称"钟老"！

第四代导演，更以能环绕在钟惦棐身旁，亲聆他的教诲为荣、为幸。

钟惦棐其人，一无权，二无钱，有的只是手中的那支笔啊！

特定的时代造就了特定的钟惦棐。时移势易，但他的要深入研究观众、重视电影票房价值、鼓吹"拍自己的西部片"、"挑拨电影与戏剧离婚"等深刻、独到的电影观众学、创作论和电影美学观点,经受住了时间的考验,至今仍不过时,将来也不会过时。

可叹第三代导演陆续作古,第四代导演日渐淡出。振兴中国电影的重任,责无旁贷地落在了第五、六代导演身上。这是何等地责任重大、光荣、幸福!

令人忧虑的是,第五代导演缺少文化,第六代导演缺少生活。

难怪第四代导演中有人发出这样的呼唤:"现在我们想念钟惦棐同志!"

幸好,还有一部《钟惦棐文集》在。

特请罗艺军、章柏青先生为本书作序。罗、章两位先生是继钟老之后,中国电影评论学会的第二、三任会长。他们了解钟老,尊敬钟老,自然写得出思想深刻、情文并茂的好文章。由衷地感谢他们!

还要感谢的是张子芳女士,提供钟老的珍贵照片——既有视觉冲击力,又有亲和力,作为本书的封面照。由此想到，当年和钟老见面虽多，却没和他照张合影，真是太遗憾了。今天，看到钟老的照片，20世纪70年代末80年代初和钟老在一起促膝长谈的情景，又浮现在眼前。他是一个多么可爱、可亲、可敬的老头啊！想必读者在学习、了解钟老思想的同时，目睹他的音容笑貌，也会和我有着同样的感受吧。

彭克柔

2007年10月26日

秋高气爽时

再记

《钟惦棐谈话录》主要的读者是文艺青少年，中青年作家，艺术家，影、视、剧的编、导、演等主创和文艺评论家、理论家们。

——他们要的是：深入学习、探究、把握文艺的本性、特征和创作的基本规律。而这些，正是钟惦棐先生可以给予他们的。

联系到我们这些年的"文艺生态"，真的，太需要这么一本"教科书"了。

附录《如今缺少钟惦棐》，是就1979年至1980年间，钟老对我传道、授业、解惑之时和之后的漫长岁月中，谨就自己的所见、所闻、所思、所感，而写下的一份杂记。但愿也可成为上举文艺青少年人等，学习钟老为人、为文的真实、宝贵的参考资料。

衷心感谢饶曙光先生为本书作序。中国电影评论学会第二、三、四任会长，为首任会长的谈话录作序，必将成为中国电影史上的一段佳话。

多位专家、学者的简评，情真意切，立论精当，蕴含丰厚，大大加深了读者对这篇谈话录的认识与理解。由衷地感谢他们！

最后要感谢世界图书出版西安有限公司赵亚强先生、王婧殊女士，没有他们两位的热情支持、帮助，此书是出不来的。

钟惦棐先生给了我这把打开艺术之门的金钥匙，岂可据为己有，秘不示人？责任在肩，应尽义务，理该将它转赠给远比我年轻的一代、一代又一代，那些渴望得到它的人们！

彭克柔